ブラックな騎士団の奴隷がホワイトな冒険者ギルドに引き抜かれてSランクになりました 7

寺王

OVERLAP

イラスト／由夜

第十章

支配者たちの黄昏

The Slave of the "Black Knights" is
Recruited by the "White Adventurer's Guild"
as a S Rank Adventurer

7

第一話　戦争の始まり

ルイナがクエナ宅に飛んだ日。

すでに空は月を真上に迎えていた。

クゼーラ王国では平穏な一日が終わろうとしている中、ウェイラ帝国では軍人によるクーデターが発生していた。

功を焦ったのか、ルイナの死亡は先んじて発表されている。

だが、当の本人はクエナ宅まで転移で逃走していた。

そんな事情をルイナから聞いた面々はリフに連絡し、明朝会うことになった。

「じゃあ今日だけジードはソファーで寝るってことで」

クエナがシーラを引き連れてリビングに近い寝室に入った。

その隣の部屋にルイナとユイが入る。さらに向かいの部屋はネリムだ。

全員が食事を済ませていたので、ルイナとユイが風呂に入り、予備の歯ブラシで口内を綺麗《きれい》にし、全員が就寝することになった。

ジードのみリビングのソファーで眠る。

（やっぱり柔らかいな。とんでもない値段なんだろうな）

ふにふにと手が沈む感覚を楽しみながらジードが横になる。
リビングは消灯されていて暗い。
玄関口とトイレの扉から漏れる光以外は視界の頼りがない。
しかし、ジードの目は一瞬にして暗闇に慣れていた。
これもひとえに『禁忌《きんき》の森底《しんてい》』での経験があったからだ。
だからこそ、気づく。
人影だ。
その影は自由自在に動いている。
明らかに暗闇に慣れているようだった。
手練《てだ》れであることはたしかである。
そしてジードの顔を覗《のぞ》くようにして立った。
「ユイか。どうした？」
「……」
返事はなかった。
その代わり、四つん這いになってジードに迫る。
ソファーのスペースをうまく使っている。
ユイの顔が火照っているのは風呂上がりだから……だけではない。

ユイは体格的に似ているシーラの寝巻を借りていた。

薄手のネグリジェを着ているため、普段着ている厚い軍服でさえ隠しきれていない胸部が、やや荒い呼吸に合わせて上下に揺れる。

ユイが煽情的《せんじょうてき》な手つきでジードの胸板に手を添えた。

「好き」

ユイの口から出た言葉は愛の呟《つぶや》きだった。

これでユイが気持ちを告げたのは二度目になる。

ひたすら直球で、しかもこの薄暗いシチュエーションだ。さすがのジードも心音がドクンと跳ねる。

――据え膳喰《く》わぬは男の恥。

ジードはいつの間にか覚えていたことわざを思い出す。

だが、

(い、いやいやいや……！　ユイの告白は断るつもりだったじゃないか……！)

ジードが飛びかけていた理性を抑えつけて正気に戻る。

しかし、その抵抗が行動として表れることはなかった。

ジードが暴れ出しそうな本能を頭の隅へと追いやっている間に、ユイが息の届くところまで近づいていた。

猫のように背中を逸《そ》らしながら身体《からだ》を密着させている。

桃色の小さな唇が近づくと、ジードの意識は性欲に支配され――

「ストォーップ！」

シーラの大声がリビングに響き渡る。

いつの間にか部屋は明るく灯《とも》されていた。

「何やってんの、あんた達《たち》」

クエナもジト目でジードとユイを見ていた。

「い、いや俺は……！」

「おおかたはわかるけどね。どうせ襲われたんでしょ」

クエナがユイの襟元を持ち上げ、ジードから離れさせる。ユイは赤子のようにジードに手を伸ばすがギリギリ届いていない。

ジードの中で安堵《あんど》と、ちょっと勿体《もったい》ないような気持ちが生まれる。内心断ろうとしていたが、ユイはそれが揺らぐほど魅力的であった。

「――おいおい、一人の女子の恋路を邪魔するとはな。馬にでも蹴られたいのか？」

ルイナまでもが参戦してきた。

あるいは最初からユイを見守っていたのかもしれない。

ジードが気づいていなかったのは、ルイナに敵意がないこともあったが、特にユイに意識を割いていたからだろう。

それを察してか、クエナが非難するように腰に手を当てて返す。

「部屋から抜け出すのが早すぎるのよ。もっと寝静まった後にしてくれないと誰でも気がつくわ」

「そうだそうだー！　私はちょっと気づけなかったけど！」

会話の流れからすると、クエナが気づいてからシーラを起こしたのだろうと察することができる。クエナの方が警戒心が強く、ジードを奪われまいとする気持ちがあるようだ。

独占欲の強さが出ていた。

普段は冷静で執着を見せないクエナだが、こういう場面で素顔が垣間《かいま》見《み》える。

「くふふ。それはつまり、もっと寝静まったタイミングならユイの恋に賛同してくれているということかな？」

「そんなわけないでしょ。夜這《よば》いとかありえないわ」

（やり方の問題なのか……？）

ジードが首を傾《かし》げる。

それからルイナがやや近づいて、ジードの顎を押し上げる。

「しかし、こうなったら収まりがつくまい。ジードはこちらの部屋に来ると良い。そもそも、ソファーで寝るなど不憫《ふびん》で仕方ないよ」

蠱惑的《こわくてき》な目つきだ。

堂々と視線を合わせてくるルイナに、ジードは目を泳がせた。

「あんたみたいな女帝サマが普段はどんな豪勢な場所で寝ているか知りませんけどね、私達は野宿だってするのよ。ソファーだって立派な寝具になるの」

「はっはっは、ソファーが寝具とは大仰に持ち上げすぎだ」

ルイナは、まるで冗談を聞いたように快活に笑っている。

「……ん、ジード」

あいも変わらずクエナによって拘束されているユイが手をじたばたと小さく振り回す。ジードに抱きしめてもらいたいと訴えるように。

思わずジードの父性がくすぐられるが、ルイナの視線が刺さる。持ち上げられている顎に、わずかな力がこもる。

「どちらにせよ、この家の寝具はやや寝心地が悪い。抱き枕のひとつでもあれば変わるのだ。ジードはこちらがもらい受けても良いだろう？」

「さっきから客人のくせに生意気よ。あんたに渡すくらいならジードはソファーじゃなくてこっちの部屋で寝てもらうわ」

売り言葉に買い言葉のごとく、クエナとルイナの言い争いが始まる。

「おいおい、姉に譲ってくれてもいいじゃないか。私は命を狙われているのだよ」

「同じ屋根の下なんだから異常事態があればすぐに向かえるでしょ」

「最重要人物の私にジードを付けるのが自然じゃないか？」

「この家の主は私。私が一番偉くて重要なの」

支離滅裂な会話は、もはや論理ではなく意地だとわかる。

次第に声のボリュームも大きくなり、ヒートアップしていく。

シーラはあたふたとクエナとルイナを交互に見ており、ユイはマイペースにジードを見つめながら今もなお一ミリずつ近づいていた。

そんな折、

「――――！」

異様なまでの殺意と共に扉が開いた。

敵かと誰もが振り返る。

青い髪が逆立ち、鬼のような形相の人物がリビングにいる全員を睨《にら》んでいた。

「静かにできないの？　死ぬ？」

ネリムだった。

今日一番の被害者である。

ユイを除いて、全員が恐怖に震えていた。

それからネリムが続ける。

「ジードは私の部屋に来て。他の人達は黙って部屋に戻って寝て。わかった？」

「「はい」」

有無を言わせない迫力があった。

歴代最強の剣聖と謳《うた》われるだけある。

クエナとシーラが頷《うなず》いて下がる。

それからルイナも諦めた様にユイの腕を摑《つか》む。

「今はタイミングが悪い。いったん退《ひ》くぞ」

「う━……」

ルイナの命令とあればユイも従わざるを得ない。

ユイが涙目になりながら部屋に戻って行く。

残ったのはネリムとジードだけだった。

「助かったよ……」

「本当にそう思ってる？　どうせ邪魔したとか思ってるんでしょ？」

「そんなことないよ。むしろあのままだと泥沼だった」

ジードの否定に、ネリムが納得できないのか訝《いぶか》しむように横目で見た。

「ふーん。ま、いいけどさ」

「ていうか良いのか？　おまえの部屋で寝てもさ」

「安眠が第一だから。『アステアの徒』と戦うよりも先にストレスで死にそう」

「それもそうか」

会話をしながら、二人がネリムの寝室に着く。

それからネリムがベッドに入り、ジードは床に手をつく。

「ちょっと待ちなさいよ。床で寝る気？」

「え？」

互いに齟齬《そご》があったのか、ネリムの疑問にジードも疑問を向ける。

「こっちで寝ていいから。身体を壊されたらたまったものじゃないし」

ネリムがベッドの空いたスペースを指さす。

クイーンサイズのベッドなので、ネリムが寝ていても半分以上の空きがあった。

とはいえ、

「いいのか？」

同じ屋根の下で寝るだけでも憚《はばか》られそうなものだというのに、まさか同じベッドで眠ることになるとは、随分と段階を飛ばしているようにジードは思えてしまった。

「やっぱ嫌だ。その聞き方がいやらしいから」

「そうか」

「あっさり納得するな！」

「どっちなんだよ……」

「私も迷ってるのよ。……まぁいいわ。あまり近づかないでね」

ネリムがベッドを叩《たた》いて誘導する。そこにジードが横になった。

部屋の明かりが消され、暗い空間と静寂に包まれる。

…………

……

「……なんか喋《しゃべ》って」

ネリムが気まずくなり、ジードに無茶ぶりをする。

「あ」

「そうじゃなくてさ。もっと意味のある言葉をしゃべってよ」

「ラーメン？」

「この時間になんて単語をぶっこんでくるのよ」

ジードの耳にお腹《なか》の鳴った音が届いたが、気のせいだろうと納得させる。万が一にでも指摘したら邪剣が飛んできそうだからだ。

「なんで俺に喋らせようとしたんだよ……」

だんだんと面倒くさくなってきたジードが問う。

「気まずいから。あとベッドの中で勝手に距離を縮めてきてないか気になったから」

「俺のことなんて石だと思ってくれていい」

「そう思ってるわ。私とあんただけはね」

「どういう意味だ？」

「そのまま。あんたもわかってるんでしょ」

ネリムの言葉にジードは反応しなかった。

純粋な好意や純粋な悪意は、本当に存在するのだろうか。

今はただ互いに眠ることが答えでもあった。

◇

翌朝。

ネリムは俺よりも先に起床していた。

というかリビングに行くと全員起きていた。

俺が一番遅いのか。

そう考えるとなんだか気恥ずかしさがある。

「おはよー！　朝ごはん作ってるから待っててね！」

キッチンから良い匂いと共に心地の良い声が聞こえてくる。それに返事をすると洗面台に向かい、顔を洗って歯を磨いた。

一通りのルーティンを済ませるとソファーに座る。

先にクエナが座っていて新聞を読んでいる。

「面白い記事あったか？」

俺の問いに、クエナが記事の一面を見せてくる。

そこには見知った顔と目立つ見出しがあった。

「ルイナが死んだって」

「私がなんだって？」

クエナの言葉にルイナが真っ先に反応してみせた。

俺達《たち》の対面に座っている。

ルイナの膝にはユイが顔をうずめていた。

「ユイは甘えたがりな時期なのか？」

昨晩のことも思い出しながら問う。

「いいや。朝に弱いんだよ」

意外だな。

もっと仕事をテキパキとこなすイメージだった。

こうして一緒に暮らしてみると知らない側面を見ることができるものだ。

それからシーラがテーブルに食事を並べていく。

「並べるの手伝うよ」

「いいって！　いつも食器洗ってもらってるし！」

俺の提案にシーラが手を振る。

クエナが先にキッチンに向かっていく。どうやら俺と同意見のようだ。

「手伝わせなさいよ。ほら、あんた達も」

クエナの視線の先にはルイナやユイ、ネリムがいた。

ルイナなんかはさっきまでリクライニングチェアにいたのに、もう食卓の椅子に座っている。

こいつ、ちゃっかりしてるな……

先を読む力に豪胆な行動。これが女帝になる器なのだろうか。

「私は客人だろう？　なぜ手伝わなければいけないのだ？」

「自分のことも自分でできないならご飯はないわよ」

「ふむ。まさか私が給仕係の真似事《まねごと》とはな」

さすがの女帝っぷりと言うべきだろうか。

しかし、心底いやがっていないのは、職業に対して貴賤《きせん》を感じていないからだろう。あくまでも自分が労することに対して思うところがあるようだ。

それでも朝からクエナと言い争いをするために気力を浪費することを考えると、皿を並べる方がマシだと思ったわけだ。

朝から豪勢な食事がテーブルに並んでいる。

ルイナ達が来ているから……ではなく、単純にシーラの料理の技量と惜しみない献身によるところが大きい。

この朝食を作る元気はどこから来ているのだろうか。

いただきます、の言葉に力も入るというものだ。

「なかなか美味《うま》いじゃないか、金髪の」

「えへへ、女帝に褒められちゃった」

シーラが照れ臭そうに後頭部に手をやりつつ、かしこまるように腰を曲げている。

「ま、実際にあんたの腕は大したものよ。ルイナの内心はわからないけどね」

「いやいや、庶民の料理も悪くないさ。専属料理人として雇ってもいいくらいだ」

それがどれくらいの誉《ほ》め言葉なのかわからない。

でも、王族に仕えるというのは名誉なことだと知っている。

ましてや列強に数えられるウェイラ帝国の長だ。

結構すごいことなのだろう。

「うむうむ、大したものじゃよ」

後ろから声がする。

振り返るとリフが皿を持ってもぐもぐと食べていた。

どうやらキッチンにあった余り物を取ってきたようだ。

「あ、あんたいつの間に……」

クエナが先んじて言う。

唐突な出現に一同が驚きを見せる。

「やっと来たか。私を待たせるとは良い度胸だ」

ルイナが頬杖《ほおづえ》をつく。

不遜な態度が似合う女帝を見ながら、リフは肩をすくめた。

「せっかちじゃの～。上にいるのならどしりと構えておれ」

「あまり猶予があるわけではないのだよ？」

「安心するのじゃ。ウェイラ帝国の実情を調べていたのだ。この件は優先度が高いからの」

「ちゃんと理解してくれているのなら何よりだよ」

自分が軽んじられていないとわかるとルイナの口調が柔らかくなる。

リフがどこからか椅子を持ってきて、俺達とテーブルを囲んだ。どうやら一緒に食事をするようだ。

「ふっふ、失礼するぞ。わらわも朝ご飯はまだじゃったからの」

「どうぞどうぞ～」

シーラが軽快に返す。

しばらくみんなでモグモグしていると、リフがようやく喋り出した。

「どうやらウェイラ帝国の広域に洗脳の魔法が掛けられているみたいじゃ。実行したのは『アステアの徒』で間違いないじゃろう」

「どれくらいの規模だ？」

ルイナが問う。

「魔法は帝都を中心にウェイラ帝国の大多数の都市を呑《の》み込んでおる」

「管理とか面倒くさそうだな。操られた人も食事とかは勝手にするのか？」

率直な感想と質問をしてみる。

リフがパンをちぎって口に放り込み、咀嚼《そしゃく》して飲み込んでから口を開いた。

「洗脳といっても完全に支配するような技ではない。人の意識や思考を誘導する扇動に近いものじゃ。どうせルイナを敵視するように仕向けているのじゃろうな」

「随分と詳しいね？」

「くく、シーラの素直な反応は良いのう。他の面々は思っていてもなかなか聞きづらそうにしておったからの」

たしかにその通りだ。

まるでリフが魔法を掛けた本人であるかのように詳しい。

たった一晩で知り得る情報ではないように思えた。

ならばリフが敵の可能性もあり、問いかけることは躊躇《ためら》われる。

選択肢が複数あり、迷いが生じた。

たとえばリフが敵の場合は、敵であると気づいていないフリをして情報を探るべきだろう。だからこそ、今はリフを糾弾することはできなかった。

あるいはリフが味方の場合は、疑念を抱くことで関係性は悪化する。

その程度でリフが怒るとは思えないが、敵味方入り乱れての戦争に突入した今、何気ない一言が後々の火種になりかねない。

ある程度の距離感は必至なのだ。

だが、そこにきてシーラの純粋な問いかけには毒気を抜かれる。

「もう背中を任せあっているのだから疑心暗鬼はやめにしましょう」

ネリムが言う。

かつて仲間に裏切られた彼女が言うのだ。その言葉には重みがある。

不意にルイナが言う。

「昨晩から気になっていたが、中々どうして風格があるじゃないか。ウェイラ帝国に来てみないか？」

　さっそくネリムを勧誘している。

　戦う姿を見ていないのに実力を見抜いたのだろうか。

「やめとく」

　ネリムがお茶を啜《すす》りながら冷ややかに断る。

　ルイナも仕方ないとばかりに諦めていた。

　てか初対面だったか、こいつら。

　それからリフが話を続ける。

「ぶっちゃけるとウェイラ帝国で使われている洗脳の魔法はわらわが発案したものじゃからの。イムラリという魔法じゃ」

「えー！！！」

　シーラの驚きの声が挙がる。

　それならばリフが知っていてもおかしくはないのだろう。

「とはいえ、こんな風に使われることを想定してはおらなんだ。元々は災害時の混乱を避けるため、被災した者に冷静さを取り戻すための魔法として開発しておった。……言い訳にはなるがの、人を操ることなど良くないことで、いかなる災害の時でも使うつもりはなかった。好奇心の産物じゃ」

「しかし、事実使われているじゃないか」

ルイナの手厳しい非難が飛ぶ。

被害者だから怒りもあるのだろう。

「うむ。そもそも洗脳魔法イムラリは『アステアの徒』に進んで提供したものだからの。非は認めよう。だが、ここまでしなければ信用を勝ち取ることはできなんだ」

リフが表情を曇らせながら言う。

罪を背負っている自覚があるのだろう。

リフに批判的な空気が流れるなかでネリムが口を開く。

「逆に言えば止める方法もわかっているんでしょ？」

リフが開発者なのだ。

行使する方法があるのなら、止める方法も考案しているのは当然だろう。

予想通り、リフが頷《うなず》いてみせた。

「もちろんじゃ。ここまで大規模で行使しているということは、おそらく『アステアの徒』の精鋭魔法部隊が動いておる。場所は魔法の効果範囲の中心に位置する帝都で間違いない。やつらを止めれば洗脳は解けるじゃろう」

「じゃ、俺達は帝都に行くってことだな」

「そう結論を急ぐな。帝都にはかなりの戦力が揃《そろ》っておるじゃろう。なんの準備もなく戦えば返り討ちに遭う」

リフの言にルイナが頷く。

「ウェイラ帝国は広大だ。外縁部ならば洗脳の範囲外だろう?」

リフが肯定する。

「うむ。あの魔法の効果範囲を帝国全土に広げるのは無理じゃ。ゆえにウェイラ帝国の端に戦力をかき集める」

「でも大丈夫なの? それって私達がこれから帝国を攻めるって宣言してるようなものじゃない。それならジードやユイの力で陰から気づかれないように戦っておいた方がスムーズだと思うわよ」

クエナが手を挙げて言う。

「いいや、ルイナが生存しておる。そうなれば『アステアの徒』が狙う次なる一手は——」

リフの説明に誰もが納得する。

行動は即日始まった。

◇

神都アステア。

女神の名を冠する神聖共和国の中心都市である。

外壁は発展の象徴だ。

数十メートルを誇る外壁は魔物や賊から都市を守り、民を安心させる威容を備えていた。

そんな外壁が神都アステアは七つある。

最初は一つの外壁があるだけであった。しかし、人口が増加し、経済的な余裕も相まって都市は拡張されていった。その度に外壁も新たに建造され、長い月日を経て七重の壁がある類まれな都市に変貌を遂げた。

今や老若男女、種族を問わず、数百万の人々が住まう超巨大都市だ。

都市は治安が良く、大都市にしては珍しくスラム街などは存在しない。それはアステア教信者の協力のもと、高い税率に支えられた高度な福祉によって実現している。

まさに都市の理想ともいえる姿だが、それは信教という一本の大黒柱が備わっているから成り立っているとも言えた。

神都アステアの特徴は他にもある。

都市の中央に存在する真・アステア教の巨大な神殿だ。それは大都市の中央にありながら、大陸で随一の大きさを誇っている。

緑色の髪が風でたなびく。

神殿でスフィは信者に囲まれていた。

全員が慌ただしく廊下を歩いている。

「ウェイラ帝国で騒動があったそうです」

信者のひとりが情報をもたらす。

手には報告書らしきものが握られていた。

「聞きました。ルイナ様がご逝去されたと」

「――いえ、あいつは生存していますよ」

スフィのもとにロイターがやって来る。

ロイターのすぐそばには異様な集団がいた。二十人からなる武装集団だが、戦闘については素人のスフィでさえ桁違いの武力を感じている。

「あいつ……ですか？」

スフィが違和感を覚える。

ルイナは一国の主であり、立場あるロイターの不遜な言動は配慮に欠けていると言わざるを得なかった。

ロイターは諭すように優しく微笑《ほほえ》みかけた。

「ええ。ルイナは民を理不尽なまでに苦しめてきました。ご存じでしょう。度重なる戦争を。だからこそ今回のクーデターに繋《つな》がったのです」

「クーデターなのですか？」

「そのようです。どうでしょう、スフィ様。義はクーデター側にあります。神聖共和国としても、真・アステア教としても、支援をしてみませんか」

スフィが不審に思う。

「まずは情報を集めることが先決ではないですか？」

慎重な態度だ。

事は容易《たやす》く決められないとわかっている。

「すでに完了しております。実はクーデターを起こした人間ともつながりを持っていますのでご安心ください」

「あまりにも用意周到すぎませんか？　昨日のことなのでしょう？」

「ウェイラ帝国がこうなることは予想していましたから」

ロイターがニッコリと微笑む。

それが逆に張り付いた仮面のような笑みに見えて、スフィの疑念がより深くなる。

「せめて私がクーデターの全容をある程度まで把握できない限り、真・アステア教の方針は決められません」

「それは困りますね。神聖共和国に対して意向も伝えなければなりません」

「なら、あなたが摑《つか》んだ情報を開示してください」

スフィも引かない。

自らが持っている権限と影響力の大きさを、彼女自身が一番知っているからだ。

スフィの脳裏にあるのは魔族によって支配されていた、旧アステア教だ。

ロイターが提案を持ちかける。

「ではこうしましょう。私がスフィ様に情報をもたらすのと同時に、私に権限をお与え下さい。今なおウェイラ帝国の信者が苦しんでいますから、早い段階で解決するためにも並行して動きます」

「状況を随時報告してくれるということですね？　そうすれば、万が一ロイター様に間違いがあっても私が正せる……ですか？」

「さすがのご明察です」

ここが妥協点だとばかりにロイターが詰め寄る。

スフィ率いる信者と、ロイター率いる部隊の空気が剣呑《けんのん》になる。

（内輪もめをしている場合ではない……）

スフィが頷く。

ロイターはアステアが神託を下した【剣聖】だ。

ギルドに所属していた頃も、日頃アステアに忠実で奉仕的な姿勢を見せていた。

「わかりました。このスフィの名の下に真・アステア教に関する権限、神聖共和国から与えられている特権の利用を許可します。アステア様より拝命した【剣聖】の力と徳を発揮してください」

「かならずや」

それはロイターの打った布石だった。

ウェイラ帝国に他国の手までもが迫っている。

◇

ルイナの死亡が各地で伝えられてから一週間が経過していた。

俺達《たち》はウェイラ帝国の外縁部にある街にいた。

隣接する小国との交易ルートのため、一般的な街よりも規模が大きく、道も整備されていた。

ルイナとリフはここを拠点にすると決めた。

「どうじゃ、わかるか？」

「ああ。煙みたいに見えるだけど、たしかに魔法が使われている」

街の外壁に立つ俺とリフは問答をしていた。

魔力の見える俺が、洗脳魔法イムラリを目視して確認するように言われていたのだ。

「ふむ、やはりか。ここがギリギリじゃの。魔法を渡した後に研究でもしたのか、想定よりも効果範囲を広げておるからやりづらいの」

「かなり強力な魔法みたいだが大丈夫なのか？　やっぱり俺が単独で侵入した方が良い気がしてきた」

もしも味方全員が敵に翻るようなことがあったら本末転倒だ。

しかし、リフには考えがあるのか、胸を張りながら頼もしい顔で頷いた。

「安心せい。わらわが生み出した魔法じゃからの。……ただ、こうも常時展開されているとなると厄介よの。それに洗脳魔法イムラリは掛けられた本人が気づかぬうちに心を誘導する魔法。一度誘導すれば、常に掛けなくとも効果が維持されるのじゃが」

となると……待てよ？

俺の中でひとつの予感が生まれた。

「二人ともー！　ルイナが呼んでるよー！」

外壁の下側から声がする。

シーラだ。

手を振って存在を主張している。

「わかった！　今いく！」

リフと顔を見合わせ、外壁を下りる。

俺の予感は的中していた。

一度洗脳してしまえば常時魔法を掛け続ける必要はない。

ということは洗脳魔法が掛けられた範囲外にも攻めていけるわけだ。

「ウェイラ帝国の部隊が動き出した。帝都で待機していた第一軍、三と四、それから八だな」

ルイナが摑んだ情報を共有する。

「強いのか？」

ネリムが問う。

この時代の諸国の軍事力については知識がないのだろう。

「強いさ。列強の中でも最強の帝国、その主力級だからな。第一軍と第三軍の長はイラツとバシナだ。ジードとも面識はあるはずだが、どうだ？」

「う～ん？」

急に問われて首を傾《かし》げる。

名前は聞いた覚えがあるような、ないような。

「バシナは元々Sランクだった男じゃよ」

「イラツの方は生粋の武家出身だ。代々ウェイラ帝国に仕えていて軍長を務めている」

リフとルイナが言う。

やはりピンと来ていない。

クエナがあきれ顔で横から入ってくる。

「バシナといえば神聖共和国の勇者試験で出会ったやつよ。覚えてないの？　元々は第0軍の軍長で、あんたにボコされてから降格させられちゃったやつ」

「ああ、なんとなく思い出してきたかも。たしか副軍長になったんじゃなかったっけ？」

「昇格したのさ。ジードの一件以外はミスをしていないからな」

なんだか申し訳なくなる。

シーラが手を挙げる。

「それで！　どうして軍隊がここまで来たの？　バレちゃったの？」

「ああ、報道機関を使って大々的に知らせたからな。私の生存と戦力の集結場所」

「大胆ね……」

ルイナのあまりにおおっぴらな行動にクエナが額をおさえる。

たしかに、わざわざ敵をおびき寄せるようなやり方だ。

「構わんだろう？　時間をかけても相手が有利になる一方なのだから出向いてもらったほうが手間が省ける。それでギルドの方ではどれくらい人が集まりそうなんだ？」

「Sランクが一名と二パーティー、Aランクが四名と十パーティー集まってきておる。B

以下のランクを含めると数百人くらいじゃの」

「数は少ないな。しかし、質は期待していいのだろう？」

「もちろん。数を揃《そろ》えるだけなら一万人程度は問題ない。しかし今回は質をメインにしたのじゃ。ただ問題があるとすれば、これから始まる戦いには間に合わないことかの」

「意味ないじゃないか」

「なはは」

苦笑をしながらリフが頬を掻《か》く。

「それなら俺達だけで戦うのか？」

ここは本来なら交易拠点の街だ。隣国が間近にある特性上、防衛機能と戦力は備わっているため、戦闘になればやりやすいだろう。

またルイナの呼びかけに応じて洗脳魔法にかかっていない兵も集まってきている。この街はこちらの味方に付いていると見て良いだろう。

だが、リフは俺の予想に反して頭を振った。

「ふっふーん。そろそろ、わらわの出番じゃろうて」

顎に手をあててリフがキメ顔をする。

どうやら自信があるようだ。

◇

地平線の彼方《かなた》から数万の人間が現れる。

地面が揺れるほどの大行進だ。

国旗は揚げられていないが、装備でウェイラ帝国の人間だとわかる。

彼らが向かう先には一人の可愛《かわい》らしい少女がいた。

膝まである紫色の髪に、黄金色のクリクリした瞳をもっている。

今や大陸全土に名を轟《とどろ》かせるギルドのマスターであり、かつては賢者と呼ばれていたほどの人物だ。

「大漁じゃのー」

眩《まぶ》しい太陽を手で遮りながら、さもありなんと呟《つぶや》く。

魔物さえ避ける大軍勢に対して、微塵《みじん》の恐れも抱いていない声音であった。

「さて、やるかの」

リフがパンと手を叩《たた》く。

その魔法の速度は音速と同等だった。

ジードならば、一糸乱れぬ魔力の半球がリフを起点に展開されたことがわかるだろう。

（これが届けば洗脳も解除できるが——）

願望とは裏腹に、リフの魔法が何かと衝突する。

軍隊を守る魔法がドーム状に展開されていたからだ。

魔力を阻害するタイプではなく、洗脳を解除する魔法にのみ反応するよう築き上げられている。

限定的なのは自分達の魔法攻撃を阻害しないためだ。

「キツいのー。ちゃんと防衛策も用意しておるか」

炎が空中を奔《はし》る。

それがもしも水であったのなら、海で波に襲われているような錯覚に陥るだろう。

少なくともリフの視界を埋め尽くすほどの炎が目前に広がっていた。

それらは地面を焦がし、抉《えぐ》る。

たった一人の少女を殺すには明らかにやり過ぎである。

しかし、今回はそれでさえ足りなかった。

炎が霧散し、残ったのは無傷のリフであった。

「まったく。困ったものじゃの」

パンパンと衣服についた土ぼこりを払っている。

衣服にさえ焦げ目ひとつつかなかった。

この時点で圧倒的な力の差を感じて然《しか》るべきはずだが、軍隊の動きは止まらない。

第二第三の魔法が放たれた。

だが、それは悪手であった。

「そこか」

雲よりも高く、それはあった。

一見すれば星のような輝きを放つ球である。

それはリフの『目』だ。

視野を拡大するためにリフが放った、第三の目。

それが捉えたのは後方で魔法を放つ部隊の存在だ。

「こやつら魔法部隊は『アステアの徒』か……ならば遠慮はいらぬな。吹き飛べ。――『風殺《ふうさつ》』」

リフが口にすると、『目』から雫《しずく》のようなものが落ちる。

しかし、それは空中の半ばで突然現れた影によって止められる。

バシナ・エイラック。

かつてはギルドでSランクの看板を背負っていた、人族トップクラスの実力者だ。

バシナの大剣がリフの魔法と触れ合う。キィンっという高音が響き渡る。同時に衝撃波が人々や木々を吹き飛ばした。

かなり距離をとっているリフでさえ、長い髪がたなびいていた。

「なんじゃい。止められたか」

大して期待していなかったのか、驚きも薄かった。

しかし、その魔法が地面に触れていたなら魔法部隊は全滅していただろう。

だからこそバシナが護衛に回っている。

リフの視界に前線部隊の顔が見えてきた。

最前に立つのはイラツ・アイバフである。ウェイラ帝国の第一軍の長だ。

「む」

リフがイラツと認識するや、彼は煙と共に消える。黒い点が急速に近づいてくると思った次の瞬間には刹那の距離にまで詰められていた。

ニヤリとリフが笑う。

「転移」

リフが敵軍の中央に立っていた。

転移には幾つかの発動条件がある。

大前提として、転移する場所を知っていて、イメージしなければならない。

ならばリフはあらかじめ、敵の魔法部隊が来る場所を予測していたのだろうか。事態を予期して下調べをしていたのだろうか。

正解は否だ。

あらかじめ用意していた『目』と併せて本来知覚できない場所にも自在に転移できるという極めて高度な技術であり、リフが滅多に見せない本気の戦闘スタイルだ。

「本来は相手と距離を保ちながら戦うために使う避難用の魔法なんじゃがの」

リフが肩を竦《すく》める。

空中にはバシナ。

先ほどまでリフがいた場所にはイラツ。

どちらも軍隊の主戦力で魔法部隊の護衛である。二人を除いてリフと近距離戦闘を行える者はいない。

「さて」

リフが人差し指を立てる。

間を置かず、指先から飴玉《あめだま》ほどの風の球体が出現した。

それはボコボコと歪《いびつ》に形を変えて小さな槍《やり》の群れとなる。

球体から槍が無数に生えているような状態だ。

「さらばじゃ、『風槍《ふうそう》』」

小さな槍は、人を殺すための大きさに変化しながら四方八方に飛び出す。

あらゆる者が串刺しになって魔法部隊は全滅した。

そうしてリフは残る帝国軍に洗脳を解除する魔法を放つ。

◇

俺達《たち》は野営地のテントにいた。
テントの中にはルイナ、ユイ、リフ、そして俺と残る二人がいた。
「も、ももも、申し訳ありません！　このイラツ！　一生の不覚です！」
イラツが頭を地面にぶつけながら平伏している。
相手はルイナ・ウェイラ。
自らの上司にして女帝だ。
ルイナは豪奢《ごうしゃ》なソファーに座ってイラツを見下ろしていた。
「気にするな。おまえ達ほどの者が操られるのならどうしようもないのだろう」
おまえ達。
イラツの隣にはバシナもいる。
彼もイラツ同様に平伏していた。
滅多にミスをしないタイプなだけに過剰に反省しているようだ。
俺と戦った後もこんな感じだったのだろうか。
今さらながら罪悪感を覚える。

むしろ滅多にミスをしないのならそこまで頭を下げないでいいと思うのだが、彼らの忠誠心がそうさせているのだろう。

「そうじゃそうじゃ。あれはわらわの発案した魔法じゃからの。おぬしら程度の小童《こわっぱ》に抗《あらが》うことなどできんわ」

リフはかっかっかと笑っている。

自慢気ではあるが、周囲の目は冷ややかだ。

最たるはルイナであった。

「そもそもおまえが作っていなければ誰も操られていなかっただろう」

「バカ者め。そうでもしなければ『アステアの徒』に信用されなかったのじゃ」

「もっと別の魔法でもよかっただろう」

「ならばウェイラ帝国を吹き飛ばす魔法を提供するべきじゃったかの？」

「……ちっ」

リフとルイナがバチバチにやりあっている。

リフのおかげで戦況を立て直しつつあるので何とも言えないようだ。

リフ……ちゃんと反省しているのか？

いつかルイナにこっぴどくやられそうだ。

「それで、今後のご予定はどうなされるおつもりですか」

　イラツが恐る恐るといった様子で尋ねる。

「こうして帝国としての面目を保てる最低限の戦力も集まった。洗脳されていない部隊や傘下の国々にも要請して、総力戦を仕掛ける」

「よろしいのですか？　傘下といえども隙あらば我々ウェイラ帝国に仇《あだ》なそうと考える勢力は多くいます。敵も抱き込もうとするのではないでしょうか」

「『アステアの徒』になびくであろう勢力は既に取り込まれているだろうさ。なに、こちらには最強の軍事力を持つウェイラ帝国と、最強の武力集団であるギルド、それに――」

「大陸最強の個体ですか」

　イラツが俺を見る。

　おそらく俺のことを指し示した言い方なのだろうが、『個体』ってなんだ。人に対する言い方ではない。

　不満を態度に出してしまったからか、イラツが俺から目を逸《そ》らした。

「そこまでお考えでしたら私が口を出すわけにも参りませんな」

「おまえ達には周囲の警戒を任せる。招集した味方にはウェイラ帝国の国旗を揚げるように伝えてあるから同士討ちは避けろ」

「かしこまりました」

　イラツとバシナがテントから離れる。

リフが言う。

「今回の一件でわらわが敵対したことは『アステアの徒』に知れ渡ったじゃろうな。これで戻ることはできなんだ」

「なんだ、名残惜しいのか？」

ルイナが茶化す。

ここでリフも敵対したら面倒だが、そうはならないと確信しているのだろう。

「バカを言うな。もう内部の情報が手に入らないことを憂慮していたのじゃ」

「ならばジードにスパイでもしてもらうか？」

「え、俺か？」

「安心せい。ルイナの冗談じゃ。ジードを不慣れなスパイとして使うくらいならこっちで暴れてもらう」

スパイなんて器用な真似《まね》できそうにないから助かった。

だが、これで『アステアの徒』に敵対することは確定的だ。

頭に過《よぎ》るのはソリアやスフィ、フィルのことだった。

第二話　戦争の裏で

拠点としている街の建物。

その廊下。

誰もが誰かと出会う可能性のある場所だ。

クエナとエク。

エクは情報屋をしており、クエナは上客と言ってもいいだろう。

知り合いとなれば声を掛けるのは必然だった。

「あら、エクじゃないの。ここで何やってるの？」

「げっ……！　ク、クエナさん、おひさっす！　ちと、お客さんとお話を……」

クエナは気さくだったが、エクの顔はひくついていた。

絶対に遭いたくないタイミングだったようだ。

エクのあからさまな態度にクエナが怪しむのも当然だろう。

「客？　こんなところに？」

「えへへ、こういう状況だから私みたいなやつは結構呼ばれるんっすよ」

それについてはクエナも同意見だった。

戦争は殺し合う前に勝敗が決しているという話もあるくらいだ。それだけ事前の情報収集は重要なものであり、エクのような存在は軽視できない。

「呼んだの誰よ？」

「え!? あーっと……客の情報は漏らすわけにはいかないんで……」

「こっちの陣営なら仲間のはずでしょ」

「それでもやっぱり色々あると思うんで」

エクの目が泳ぐ。

言い訳が稚拙になっている。

「あんたまさかスパイとかしてないでしょうね？」

「そんなわけないっすよ！」

エクがそこだけはきっぱりと否定した。

だからこそクエナの怪しむ目が余計に強くなる。

「じゃあ私が勝手に付いていくわ。それなら別に話したわけじゃないでしょ」

「いや……それも……」

エクが頭を抱える。

クエナもあまり困らせるつもりはないし、楽しんでいるわけでもない。

知らない方が良いことも多々あるのは事実だが、戦争ではそんな悠長なことを言っていられないのだ。

クエナの一歩も譲らない態度にエクが諦めて身体《からだ》の力を抜いた。

「わかったっすよぉ……」

◇

その部屋にはリフとルイナしかいない。

対『アステアの徒』では事実上のツートップである。

彼女達の眼前には地図と各地から上がってきた報告書が並べられていた。

「『アステアの徒』を支持する勢力の連合軍が結成されるとはのぉ。おぬしも嫌われすぎじゃろう」

「ギルドの権益を奪おうとしてる連中も見えるがね」

とにかく敵が多かった。

ウェイラ帝国は一部を除いて囲まれている状況だ。

集結させようとした戦力の行軍どころか物資の流通も妨害されている。所々で小競り合いが生じているほどだ。

「だれか、来たの」

リフの言葉通り、扉がノックされる。

ルイナが入室を許可すると顔を覗《のぞ》かせたのは情報屋のエクであった。後ろにはクエナの姿もあった。

「すんませんっす。クエナさんが『どうしてあんたがここにいるのよ』って付いてきちゃって……」

「ということは察しがついていたんじゃないか？」

ルイナが問いかける。それはクエナに向けられたものだった。

「ずっと思ってた。私が帝国を飛び出してから冒険者として生きていくために必要なものが揃《そろ》いすぎていたのよ。この子とかまさにね」

「うんうん。それで私が用意したものだと思ったのだな？」

「それ以外の答えを聞くために来たのよ」

「いいや、私が用意したもので間違いないさ」

ルイナがあっさりと自白する。

クエナの目が見開かれた。

「どうしてよ……！」

クエナが声を荒らげる。

「いま聞かなければいけないことか？」

「あんたと共闘するんだから知りたいわ」

ルイナが肩を竦《すく》める。

「おまえに死んでほしくなかったんだ。だから助けたんだよ」

ルイナの言葉にエクがピクリと反応する。

以前に聞かされた時は「自分と似ているクエナの死に顔なんて見たくなかったから」という理由だった。

似て非なる答えだ。

今回はクエナに誤解させ、好意を引き出そうとするような言い方をしている。

そんなことはクエナも承知していた。

「嘘《うそ》ね」

ばっさりと切り捨てる。

ルイナが再び肩を竦めて見せた。

「それで、エク。クエナを引き連れてでも急いで来る必要があったのだろう。はやく報告してくれないかな」

「なっ！」

ルイナの眼中からクエナが消える。

それは暗に語ることなどないと伝えていた。

あまりの扱いにクエナが言葉を失う。

エクも一瞬の戸惑いを見せたが、自身の知り得た情報を脳裏に浮かび上がらせながら口を動かす。

「どうやら連合軍がこちらに大掛かりな戦闘を仕掛ける様子です」

「ついにか。期日は？」

「正確にはわかりませんが、恐らく五日以内かと思います」

「戦力はどれくらいなのじゃ？」

エクの口から列強の国々や有名な組織の名前が出される。

そこには神聖共和国の名前もあった。

「こちらの集まりは悪いのに、予想よりも多くなりそうじゃの」

「ここらで一手打っておこうか」

「なんじゃ、何か考えでもあるのかの？」

「街一つを潰して自作自演なんてのはどうだ？　神聖共和国が異端と認定した街を燃やし、私達がそれを退治したという筋書きにする。犠牲者は多く出るだろうが求心力は高まるさ」

ルイナの目が怪しく光る。そこには成功の確信がこもっていた。まるで過去にも経験があるような態度だった。

「本気で言ってるの？」

クエナが反発する。

嫌悪感以外にも、裏切られたような気持ちがあった。

先ほどまでルイナにほんの少し、何かを期待していた。

理由はわからずとも自分を守ってくれていた、そう思っていた。

なにせ姉妹なのだ。

信じたい気持ちがないわけではない。

「おいおい、こちらも何かしらの手を打たなければ負けてしまうよ？」

「確かにそうかもしれないけど、そんなことしたら負けた気持ちになる」

「ワガママだね。――これは戦争だ。相手がおまえ同様に手段を選ぶとは限らない」

「……！」

クエナが息を呑《の》む。

空気が一瞬で冷却されたかのように肌が冷たくなる。

そういった経験は過去にもあった。

絶対的な強者と立ち向かった時の感覚だ。

今クエナとルイナが戦えば勝つのは間違いなくクエナだろう。

ルイナも戦えないわけではないが、強さにおいてクエナの追随を許す人間など限られて

いる。

それでもクエナに本能的な敗北を悟らせたのは、武力以外の力だ。

「私が女帝になってすぐのことだ。とある村が燃やされた。辺境の小さな村だったが百人を超える村人全員が死んだ。おかしいだろう、普通に考えれば数人くらいは逃げたり、村を留守にしていたりして生き残れるはずじゃないか？　私は議会で徹底的に追及されたよ。対策だの責任だの、色々と言われた」

「それは当たり前でしょ」

「うんうん。まぁ、そこは置いておこう。私はとりあえず殺してみることにした。私を追及した者達《たち》を」

「――！」

あまりに唐突な行動に思えた。

その決断に至るまでの苦悩はあったのだろう。

しかし、クエナは困惑を隠せない。

「結果的に私を追及する者はいなくなった」

「それはあんたが暴君だからみんな口を閉じただけで……！」

「私を恐れて誰も意見しなくなったのはあるだろうね。でもそいつらが村を燃やした下手人である証拠が見つかったんだよ」

「……政争ってこと？」

「そうだね。自作自演で私を帝国から下ろして、息のかかった傀儡《かいらい》を上に据えようというんだ。おまえか、もしくは継承権を持たないが由緒ある血筋なんかをね」

知らないところで自分が巻き込まれていると知り、クエナは黙る。そんなことは重々承知であったが、冒険者生活をしていくに連れて薄れていたのだ。

不意にルイナが微笑《ほほえ》む。

「ちなみに、村を燃やしたのは私だ」

「は!?」

クエナが狼狽《ろうばい》する。

咄嗟《とっさ》に声が出ただけ褒められたものだろう。

「私が殺したのは先代から仕えていた宰相一派だ。連中を排除したかったから理由をつけて殺したまでだ。でもどうだい？　おまえは私の作り話を信じてしまっただろう」

クエナは生理的な嫌悪感を覚えた。

眼前にいる生き物が同じ人間であると思えない。

クエナの赤い瞳が炎のように揺れる。

「あんた……！」

「そう怒るなよ。ようは簡単だ。他人の死をどうでも良いとは言わない。でも一番大事なのは自分だ。そして次に周囲だ。他人のことについて真実がどうとかは関係ない。知ってるか？　生き物は自分に都合の良い情報しか信じないんだ。基本的に本能は正しい。仮に虚偽の可能性がある情報が二つ提示されたのなら、おまえはどちらを選ぶ？　きっと道徳だとか倫理だとかで『正義』を信じるのだろう。実際におまえは今、私に正義がある――私が殺したのは村人を殺した悪人達だったという自分にとって都合の良い話を信じた。その考え方を否定はしない。私は正義を利用する偽物だ。私と、私の周囲に利する選択を正義の陰で行う」

諭すような言い方をされるが、やはりクエナは理解を示せない。それは生まれながらの性なのかもしれない。

ルイナもそれを知っていた。

「神に愛されるのはクエナなのか、私なのか。それは不明だ。だが、人間だとどうだろう。クエナの側にいる人間はクエナを選ぶだろう。私の側にいる人間もクエナを選ぶだろう。ただ私のことを愛さなくても、私の選択を賢いと思う人間がいる。そして彼らは私を選ぶだろう。社会で成功する私のような生き方をね」

ルイナが言い切る。

クエナの目が閉じられる。

次に開かれたのは一秒後くらいだろうか。

変化があった。その瞳はただ冷たかった。

「この戦争はあんたが負ければいいと思う。あんたが死ぬ方がいいと思う。そう思うのはきっと私がウェイラ帝国の汚いやり方を知ってしまったからなんでしょうね。でも――何より私はジードが大事。あいつを殺そうとしている集団が相手なら、私はウェイラ帝国側につくしかない」

「さすがは私の妹だよ」

ルイナは雑言を直接向けられたとは思えないほどに清々《すがすが》しい顔つきだった。

不意にクエナの炎の剣がルイナの首筋に迫る。

傍観に徹していたリフやエクが反応するが、止まる。

クエナの剣は肌を掠《かす》ることもなく止まっていた。少しでもタイミングがズレていたら首が刎《は》ねられていたことだろう。

「良いのか？　殺さなくて。ユイがいない今がチャンスだよ」

チリチリとルイナの首が焼ける。

それを察してか、あるいは他のことを考えてか、クエナが剣の炎を霧散させる。

「あんたは悪を悪であると認識してる。まだ止まれる。だから……この戦いが終わったら変なことはしないと言って欲しい」

そこがクエナの妥協点だった。

「変なことね」

くく、とルイナが笑う。それから続けた。

子供のような言葉選びに、クエナが純粋無垢《むく》であると察したのだ。

「約束はしない。だが私個人はそれを目指すと誓うよ」

「……」

意味深な言い方だった。

しかし、クエナがそれ以上の言及をすることはなかった。

ただ部屋から立ち去る。

「この一大事に姉妹喧嘩《げんか》とは困ったものじゃの」

リフがため息をつくように呟《つぶや》いた。

「許してくれ。冷や汗ものだったんだ」

「わらわがいるのにか？」

「クエナの一撃を止められたか？」

「クエナは日に日に強くなっている。若いからの。しかし、やはり若いからこそ動きが読みやすい。止められていたのじゃ」

「そうかい」

「それで。本当に村を燃やしたのはどっちだったんじゃ？」

「えっ」

エクが驚く。

ルイナの話の真偽を言葉そのままに受け取っていただけに。

リフは言外に伝えている。

クエナと同様にルイナもまだまだ子供であると。

「くく。おまえはやはり怖いな」

ルイナが笑う。

それは決して虚勢などではなかった。

「評価してもらえて光栄じゃが、わらわもわからず終《じま》いでは困るのじゃ。どちらが嘘《うそ》であったかによって、お主という人物像を改めなければならん」

「話の真偽は勝手に調べても推し量ってくれてもいいさ。それが私の害にならなければね」

リフの問答にルイナは付き合うつもりはないようだった。

◇

リフ達から呼び出しを受けた。

途中でクエナやシーラ、ネリムと合流してからひと際大きく、豪華に装飾されているテントに入った。

中にはルイナや軍長と呼ばれる連中が集まっていた。

「全員集まったな」

第一声はルイナであった。続いてリフが口を開く。

「連合軍が揃《そろ》ってきているようじゃ。そこで中心を担っていると思われる勢力を叩《たた》く」

「どこよ？」

問うクエナを、ルイナが見やる。

ルイナの目が一瞬だけ伏せられたような気がした。

何かあったのだろうか。

そんな疑問を置き去りにしてルイナが言う。

「――神聖共和国だ」

ドキリと心音が跳ねる。

動揺したことは気づかれていないだろう。

しかし、リフとルイナが俺を一瞥《いちべつ》したことは見逃さなかった。

逆に言えば一瞬しか見なかった。

それは俺を気遣っているのか警戒してのことだろう。

どちらにせよ、俺はリフ達を裏切るつもりは毛頭ない。

だが、ソリアやフィルと戦う可能性を考えた時、やはり心音はいつもより速まっているとわかった。

◇

すでにソリア達は神聖共和国の中枢である神都から出征していた。

ソリアの移動手段は行軍には似つかわしくない、貴族令嬢が使うような馬車であった。

しかし、それはソリアが特別である証《あかし》でもあった。

「錚々《そうそう》たる顔ぶれになりましたね」

ソリアを護衛する剣聖――もはや『本物』がいる時点でそう呼ぶ者は少ないが――フィルが声を掛ける。

「いずれルイナ様とは戦うことになると思っていましたが……」

ソリアが言葉を濁す。

水面下であれ表面的なものであれ、ルイナとソリアが衝突することはあった。ルイナが神聖共和国に対して牙を剝《む》いたことは一度や二度ではない。

しかし、今の状況はどうだろうか。ソリア達からしてみれば同情を禁じえないほどの戦力差になっている。

「ウェイラ帝国は瓦解しており、ルイナは辺境で残存兵力を集めています。おそらく二万にも届かないでしょう。その上でクーデター側に味方する国や組織は……一か月もしないうちに総勢で十五万は集まるとの予想です。圧倒的優位ですね」

未《いま》だかつてないほどの弱い者いじめになりかねない。

ソリア達《たち》にしてみても意外だった。

それほどにルイナとは信望のない女帝だっただろうか、と。

ソリアが顧みるように呟く。

「しかし、噂《うわさ》ではギルドが加勢したとか」

「ふむ……」

いずれにせよ情報が少ない。

ここで動くには不安要素が多い。

ソリアとしても冷静に俯瞰《ふかん》することが大事なのではないかと考えていた。

あまり戦争などするべきではない。

しかし、ソリアやフィルが動くのには複雑な理由がある。

それは真・アステア教団の指示であった。

神聖共和国は共和制を取っているのと同時に信教を重んじている。言うまでもなく国教は女神アステアを信奉する真・アステア教だ。

ソリア達は神聖共和国でも特殊な立ち位置の騎士団であるが、基本的に三つの方針を軸に行動している。

ひとつはソリアに付いていくこと。

もうひとつは神聖共和国上層の命令。

最後は真・アステア教の『お願い』である。

騎士達の給金は神聖共和国が支払っているが、三つのうち前者の命令ほど優先される。

つまりソリアが第一なのだ。

しかしながら、神聖共和国はそれを容認している。ソリアという大看板が神聖共和国を安定させる要因の一つであると誰もが認めているからだ。

それだけソリアの行動は認められ、褒められるべきものが多く、ケチを付けられる方が珍しいといえる。

逆に言えば、神聖共和国が体裁的に『命令』と言っているものも、騎士達からしてみれば「ソリア様が神聖共和国の言うこと聞くなら」程度であった。フィルの言動がその最たる例だろう。

そして国教であり、ソリア達が信奉している真・アステア教の『お願い』は、優先度が最も低いものとなる。

真・アステア教は騎士団を運営する共和国とはあくまで別の組織であり、ソリアが司祭に任命されていることから来る義理人情で聞いている部分がある。

ソリアにはある程度の給金こそ支払われているが、基本的にボランティアであるといっていい。むしろ給金を与える代わりにソリアという名前を使わせてもらっているくらいの持ちつ持たれつな関係である。

これが旧アステア教であればまた違っていたが、今のソリアと真・アステア教はそういった立ち位置にあった。

だが、今回はいつもとは違った。

真・アステア教は指示を出したのだ。

それはソリア達の騎士団にではない。

神聖共和国に対してである。

おそらく連合軍の中にも同様の理由で派兵した国や組織があるだろう。

そして真・アステア教の指示を受けた神聖共和国はソリア達に命令を下した。ウェイラ帝国のクーデターを支援し、ルイナ達残党を討伐するように。

神聖共和国と真・アステア教という二つの集団が騎士団に対して動くように仕向けたのだ。

つまり三つの行動方針のうちの二つがクリアされていることになる。

かなり異様な状態であったが、ここで動かなければソリア達の立つ瀬がない。

もちろん、地位や権力、お金などに束縛される人物ではないが、悠長に構えていられる状況ではない。

「失礼します！　スフィ様より連絡がありました！」

「スフィ様から？」

騎乗した伝令兵が降りて差し出したのは立方体のマジックアイテムだ。

一面は鏡であるが、他はすべて黒色のカバーで覆われている。

左右にはいくつか色のついたボタンがあり、簡単な説明も記されている。

大きさは手のひらよりも大きいくらいだ。

連絡用のマジックアイテムは多岐にわたるが、一番知名度があるものは水晶型だろう。

水晶型の利点は安定して広範囲に連絡が可能な点だが、魔力を注ぐ必要があり、割れやすい。戦場では不向きだ。

ソリアの騎士団が保持している立方体型のマジックアイテムはアイテム自体に魔力の貯蔵が可能であり、強度もある。

そのため戦場に向いているが、連絡先とは予《あらかじ》めリンクしておく必要があったり、通信の安定性がやや欠けたりする部分もある。

ソリアが右手の赤ボタンを押してウィンドウを表示させる。

「聞こえますか、スフィ様」

「はい。ソリア様、応答ありがとうございます」

画面の向こうには慌ただしい光景が映っていた。何やら信者が資料をひっきりなしに調べていたり、持ち運んでいたりしている。

ウェイラ帝国との戦争状態であるから仕方ないのだろうとソリアは判断する。

「今回の連絡はどういったご用件でしょうか？　もうウェイラ帝国の国境付近なので、あまり長くは時間が取れないのですが……」

「そのことです。今回の戦争について、極力犠牲者を出さないようにしてください」

「犠牲者を？」

犠牲者を出さないようにする。当たり前のことだ。

しかし、ここにきて念押しされた。これは死者を出すことだけでなく、負傷者が出ることも控えなければならないことを示唆している。

それが意味するのは——戦場では消極的に行動せよということ。

味方にとっても敵にとっても害にならないよう徹することが求められているのだ。

この指示は敵が敵でなくなる可能性を示唆していた。

「……なにかあったのですか？」

「現在、今回の戦争やロイター様に関する情報を収集しているのですが、私の預かり知らないところでアステア様を信奉する集団が活動しているそうなのです」

「それは真・アステア教ではなく？」

「こちらの調査では、集団に所属しているメンバーは多岐にわたるそうです。必ずしも教団の人間だけではないそうで。何より厄介なのは全員が相当の権力者である点です。名は『アステアの徒』と」

「ありえません。そんなものがあるのなら私やスフィ様が知らないわけが……」

ソリアは断言こそしなかったが、各国の首脳クラスとは必ず一度は顔を合わせている。それだけの影響力は持っていた。

だからこそ自分が知らない巨大な組織があることに驚きを隠せない。ましてやアステア関連であればなおさらだ。

「今回の教団からの指示はロイター様が大々的に執られていることは知っていますね？」

「正直、私はやつをあまり信じられません」

フィルが横から率直な意見を言う。

同じ剣聖と呼ばれていたプライドもあるのだろう。

ソリアは否定こそしないが、諭すように言う。

「アステア様が神託で選んだ方ですから悪に思想が傾いていることはないはずです。……ですが、善意で悪をなすこともあります」

スフィが話の本筋に戻す。

「どうやらロイター様が『アステアの徒』でも指揮する側の人間かもしれないという話が出ています」

その告発に対して、ソリアもフィルも驚きはなかった。

この戦争の真意が見えてこなかっただけに裏があることは薄々読めていたからだ。

「それで、やつらの目的はわかっているのですか？」

フィルの問いにスフィが首を左右に振る。

「いいえ。ですが、手の者が調査を行っています。近いうちに判明するでしょう」

「なるほど。だから私やフィルに極力被害を出さないように言ったのですね」

あるいは敵は――

三人とも不用意なことを口にするつもりはない。

しかし、誰もが予感していた。

ロイターの反意を。

「あまり犠牲を出さないよう、やっていただけますか？」

「はい、わかりました」

この一連の会話は――相手側にも被害を出さないようにするということだ。

どちらに趨勢《すうせい》が傾くか、わからないため。

それから軽い近況報告が交わされるとマジックアイテムは役目を終える。
それと同時だった。
騎士団の動きが止まる。
それは遭遇戦の合図でもあった。
フィルが外に顔を出す。ソリアには危険が及ばないように中で待機させている。
「な、なぜおまえがここにいる!」
ソリアにとってフィルの慌てる姿は珍しかった。
天賦の才を与えられた剣士は冷静沈着であることが多い。特に戦場では。
「なぜって……敵だからかな」
その声にソリアは聞き覚えがあった。
馬車から顔を出して背筋が凍った。
距離を置いて立っていたのはジード、クエナ、シーラの三人だけ。見知った顔であり、
特にジードとは何度も戦いを共にしている。
救われてから何度も恋焦がれていた。
そんなジードに対して異様なまでの恐怖心を抱いてしまっていた。
「ジードさん……!」
理由のわからない恐れをまとい、馬車を降りながらソリアが声をかける。フィルが守る

ようにしてソリアの横に立つ。

「久しぶりだな」

声を掛けられただけで嬉《うれ》しさがこみ上げる。

しかし、言い知れぬ恐怖がソリアにはあった。

ソリアが気を紛らわせるように左右を見ると、警戒に身体《からだ》を強張《こわば》らせている騎士達《たち》の姿があった。

全員が修羅場を潜《くぐ》り抜けた経験のある猛者ばかりだが、ただ一人の男の存在感に震えている。

それはフィルにしても同じであった。

フィルはソリアの命令次第でジードに対して剣を振るうことができる。

その忠誠心をソリアに捧《ささ》げている。

だからこの場でソリアと自分の命が失われる痛ましい想像までしてしまう。

ふと、ソリアが気がつく。

(ああ……これはジードさんが『敵』である時に感じる不気味さなんだ)

慌ただしい騎士達を見て、ソリアだけが冷静さを取り戻す。それは後衛として戦っているソリアだから気がつくことのできたことだった。

「皆さん、剣を納めてください。私はジードさんとお話をします」

「よ、よろしいのですか？」

フィルが確認する。

敵と会話することは咎《とが》められこそすれ褒められはしない。命の奪い合いであれば欺き欺かれは必定なのだから、そんなことは当然だといえる。

しかし、ソリアはそんな警戒心を感じさせない無垢《むく》な笑みを浮かべた。

「良かったらフィルも来て」

「は、はぁ……」

フィルは毒抜かれた様子で剣を鞘《さや》に戻す。それを皮切りに一帯の張りつめた空気感が消え去った。

「すまん。助かる」

ジードが後ろ頭を押さえながら、すまなそうにして言うのだった。

彼もまた戦いたくはないと願う者だった。

◇

俺は覚悟をしていた。

ソリアと戦うと、フィルと戦うと。

けど、予想に反してソリアは冷静だった。

場を制して俺の話を聞いてくれた。

だから俺も包み隠さずに話した。

『アステアの徒』について。

過去の勇者パーティーについて。

ウェイラ帝国で起こっている洗脳によるクーデターついて。

俺が言葉足らずでもクエナやシーラが補足して、それなりに上手《うま》く説明できたと思う。

ソリアは時に得心のいったような顔をしていたり、複雑そうな顔をしていたり、様々な表情を見せてくれた。

「――以上だけど……質問とかある？」

「山ほどあります」

「もちろん、付き合うよ」

かなり長く語ってしまった。

ソリアはその間にも途切れることなく話を聞いてくれていた。

今度はこちらの番だ。

「いえ、ここで問答をしていても時間が勿体《もったい》ないでしょう。私としても戦うつもりはありませんから」

かなりあっさりとした回答だ。

少しだけ疑念が浮かび、それを晴らすために逆に尋ねる。

「ソリアは俺が強いと思うか？」

「はい。ジードさんに勝てる人はいませんよ」

「じゃあさ……今回戦わなかったのは俺が怖いからなのか？」

「え？」

ソリアが意外そうに目を丸くする。

質問の意図が摑《つか》めなかった可能性も含めて新たな言葉を付け足す。

「多分、俺はソリアに迷惑をかけてると思う。アステアの威光を砕こうとしているし、ソリアが戦わなくなったら神聖共和国にとっても不利に働くよな」

「私に配慮してくれているんですね」

「そりゃ……まぁ」

強さとか、そういうの抜きで話したかった。

俺は自分で足りないところとかバカなところをわかっているつもりだ。だから力を振りかざして誰かの意思を束縛するような行為は避けたかった。

「ジードさん、安心してください。私は結構ズルくて抜け目がないんです」

ソリアが俺に近づきながら続ける。

「私はたしかにアステア様の威光を盾にしてます。それを頼りに各国を行ったり来たりしています。でも死を厭《いと》わないほどの信心はないんです。ただ都合が良いから利用してるだけなんです」

敵意はない。

「そんなズルい子だから、フィルは私の傍《そば》に居てくれます。もっと良い待遇を受けてもいいのに一緒にいてくれます。みんな信じてくれてるんです。その証拠に、ほら。ジードさんにもこんな距離まで近づけました」

ソリアがあと一歩のところで立ち止まる。

それから両手を俺の頬にあてて──引っ張った。

「だからこんな不意打ちだって出来るんですよ」

「いひゃい（いたい）」

ソリアの顔は悪戯《いたずら》を成功させた子供のように無邪気に綻んでいた。

そしてちょっと強めにつねられている。

「私は怒っています。ジードさんが怖いから私が戦わない？　違います。ジードさんが好きだから戦わないんです。きっと仲間だった人達と敵対する結果になるかもしれません。でもジードさんの危機を看過したくありません」

ソリアがぱっと手を放す。

まだじんじんと痛みがあり、熱がこもっている気がした。

でもその熱は不思議と嫌な感覚ではない。

「ひとつだけ尋ねます」

「あ、ああ、なんでも聞いてくれ」

俺が口ごもってしまったのは思い返してしまったからだろう。

会話の中に自然と入っていた『好き』という単語を。

そんな俺の考えを知ってか知らずか、ソリアが真剣な表情で言う。

「もしも私達が神聖共和国から離反したら、あなたは私達を受け入れてくれますか？」

「当たり前だ」

「ふふ、即答ですね」

上品に口元を抑えながら、ソリアが微笑《ほほえ》んでみせた。

すると話を聞いていたシーラが興奮気味に両手を振って言う。

「わぁい！　家族が増えるね！」

「えへへ」

ソリアが顔を手で隠す。

「……ど、どういうことだ？」

頭に疑問符が浮かぶ。

話の進展が読めない。

「今の告白でしょ」

クエナが隣でボソリと呟《つぶや》いた。

「えっ!?」

さすがに度肝を抜かれる。

まだユイの件だって解決してないのに――

「な、ななな、なんだとぉー!?」

近くで話を聞いていたフィルもどえらい絶叫を発していた。

◇

神聖共和国との境にある、ウェイラ帝国の国境。

そこには外壁が築かれる規模の大きな街があった。クゼーラ王国とも近く、多様な人々の意見が交わされることもある。

今の話題はウェイラ帝国で発生したクーデターだろう。

「なんだかルイナ様が優勢みたいだな？」

ウェイラ帝国正規軍の行進を見ながら、外呑《そとの》みができる場所で人々が話していた。

「連合軍が各地で物流を滞らせたから飯がなかったのに……今はこの通り酒も呑める」

「もうずっと戦いに勝ってるらしいぞ」

「ほら、【光星《こうせい》の聖女】のソリア様だってウェイラ帝国に付いたって話じゃないか」

情報が流れるのは早い。

それは記者や目撃者の噂《うわさ》によるものだろう。

あるいは、

「やっぱりジードがウェイラ帝国にいるってのがデカいんじゃないっすか？　ソリア様がジードに救われたことがあるって話は有名っすよ」

エクのような情報屋がウェイラ帝国の有利になるよう働いているからかもしれない。

「おお、勇者を断ったあいつな！　いろんな場所で連合軍の連中を叩《たた》いてるって聞くぞ。なんでも一万人をたった一人で倒したとかさ！」

「いやいや、俺は十万って聞いたぞ」

「ばか。そんなことになったら戦争終わってるだろ」

それはたわいない雑談だ。

しかし、刺激の少ない民衆の好奇心や興味をくすぐる。

そこにエクがスパイスを加える。

「アステア教も変な噂ばかりっすからね。ジードが勇者を断ったのも、きな臭いのがわかってたからじゃないかなって思ってるっす」

エクの言葉に男が手を叩く。

「おお、それだと辻褄《つじつま》が合うな。てか嬢ちゃん若そうなのにいっぱい知ってそうだな！」

「うっす。こういう話は大好きなんでね。もっとありますよ」

「いいな！　どんどん聞かせてくれよ！」

噂話が大好きな民衆にエクが無償で情報を運ぶ。

打倒アステアのためとはいえ、まさかウェイラ帝国側の看板にされているとは今のジードはまだ知らない。

しかし、それで着実にジードの評判が回復されていることもまだ知らない。

◇

そこは『アステアの徒』の中でも極秘中の極秘。

神聖共和国と魔族領の国境線から入ることのできる、地下深くにある神殿だ。

ロイターと直属の部隊が石畳の部屋にいた。

彼らは軒並み膝を突いている。

眼前には淡い光が虚《うつ》ろに浮かんでいる。

「アステア様、作戦は着々と進行しております」

ロイターの言葉に呼応するように光は強弱している。

声はないが、ロイター達《たち》は何かしらの反応を受け取っていた。

「戦況はこちらが依然有利です。……は。ウェイラ帝国は抵抗をしています。ソリアが裏切ったという話も……たしかに」

ロイターが微《かす》かにわかる程度ではあるが狼狽《ろうばい》している。

「……はい。ジードもウェイラ帝国側についたとのことです。しかし、最初からアステア様の威光を無視しており……」

ピクリとロイターが揺れる。

「御心配には及びません。私がいますし、『アステアの徒』が育成した精鋭も揃《そろ》っています」

それはロイターの背後にいる者達だ。

彼らは全員が非合法な手段で育てられている。

訓練中に死者が出ようとも関係なく、ただ圧倒的な力を持つためだけに育てられた。

「まさか……よろしいのですか！」

ロイターが歓喜を漏らす。

居ても立っても居られない様子で立ち上がった。

同時に淡い光がロイターを包み込んだ。

空間が揺れる。

軽い地震が起こっているようであった。

「ははは っ！　これはすごい！」

魔力は通常、視覚で捉えることなどできない。それができるのは人外の領域にある者だけだ。

しかし、精鋭部隊はロイターから溢《あふ》れる黄金色の魔力を視認した。

あまりにも激しく濃密な魔力でありながら無尽蔵を思わせるほどの放出量だ。

「これならばアステア様に逆らうゴミ共を――！」

ロイターの瞳がギラリと光る。

第三話　動く

そこは神都にある広大な一室。

スフィが預かる執務室であり、あらゆるものが揃っている。

椅子は意匠がこらされたもので、黒く気品のある卓上にも高価なマジックアイテムが備えられている。

そんなスフィは数人の信者に囲まれながら違和感を覚えていた。

「ウェイラ帝国の属国が侵攻された？」

スフィの問いに信者が頷《うなず》く。

手元には資料があった。

「そのようです。ウェイラ帝国に食糧が供給されていると報告がありました。属国の民間人の街を燃やし、略奪まで横行している模様です」

通常であれば上層部にこのような報告はされない。

しかし、スフィは今回の戦争に関してロイターに権限を渡している。自分がやれることは戦争ではなく、民間の援助と保護であると知っているからだ。

そして、戦争の悲惨さは民間にも色濃く表れる。

「避難民はどうなっていますか？」

「周辺国に逃げていますが、相当の餓死者が出ることは避けられないでしょう」

「教団の備蓄庫を開放して炊き出しを行っても難しいのですか？」

有事の際、非常用の食糧を保管する真・アステア教の倉庫を開けられる権限をスフィは持っていた。

だが、責任も当然スフィにある。

他の司祭達にはあまり良い顔はされないだろう。

それでも行動できるのはスフィにも信じるものがあるからだ。

だが、そこまでしても、信者の表情が晴れることはなかった。

「そもそも避難民は大した物資を持って出てこれる状況ではありません。こちらが滞りなく動けても食糧以外の物資を含め全員に行き届かせることは難しいかと」

スフィが紙にペンを走らせて印を押す。

「出来る限りはやりましょう」

食糧庫を開放する旨が書かれている。たとえ敵国傘下の人間であったとしても悲劇を避けようとしていた。

そんなスフィの元に伝令が届く。

「ソリア様から連絡が参りました！」

「なんと言っていましたか？」

「ソリア様が率いる騎士団が神聖共和国に引き上げるそうです！　またスフィ様と会見したいと申し出ています！」

場が騒然とする。

ソリアは連合軍の旗頭を担うほどの存在感があった。そんな立場にありながら無断で引き上げることは反旗を翻していると思われても仕方ない。

だが、スフィは至って冷静に頷いてみせた。

「わかりました。ですが、マジックアイテムでの連絡はできないのですか？」

「それが……極力、スフィ様とだけ連絡をしたいとのことで」

「私とだけ？」

マジックアイテムを使わない理由はひとつだ。

盗聴を避けるため。

「お話しした印象ですと、とても深刻そうでした。それからもう一点ご報告があります。これは噂の範疇《はんちゅう》ですが……その」

信者が言い淀《よど》む。

「構いません。仰《おっしゃ》ってください」

「はっ……どうやらソリア様が引き返す直前、ジード様と思《おぼ》しき方とお話をしていたそうです」

「きゅ……ジード様と？」

昔からのくせで救世主様と言いかけて止める。

「さらに、申し上げにくいのですが……ジード様はウェイラ帝国になびかれたという話も聞き及んでいます」

周囲が訝《いぶか》しむ。

スフィの周りにいるのは信者であり、全員が屈強な護衛でもある。それぞれ信心深さ故に世俗を捨てた身の上だ。

ギルドのAランクや、女流剣術の師範代、中堅国家で将軍まで上り詰めた経験のある人間もいた。

誰もが騙《だま》し討《う》ちは日常茶飯事の世界に生き、現実的に想像できる経験を持つ。

それだけにソリアの言動には不信感を抱かざるを得なかった。

そのことはスフィも承知しているが、彼らとは反対にソリアに対して全幅の信頼を寄せている。

「わかりました。現在ソリア様はどこにいらっしゃいますか？」

「おそらく中央山脈を迂回《うかい》して越えたあたりかと」

「でしたらかなり近いですね。予定を開けておきましょう」

それから伝令の信者は部屋から退出した。

スフィが机に突っ伏す。

「お疲れですね」

老齢の女性が声をかける。

彼女も信者であり、歳《とし》を感じさせない凄腕《すごうで》の剣士である。

教団の復興の際に尽力しており、スフィの護衛として幾度も戦っていた。

「ジード様がウェイラ帝国に付かれたって話を何回も聞いているので……このままで大丈夫かなって……」

「スフィ様がお認めになった救世主様なのでしょう。でしたら正しい方向に進まれるはずです」

「ウェイラ帝国に付いた話が本当なら？　私がジード様を追いかけるのなら、真・アステア教を抜けなければいけませんよ？」

「それでよろしいのでは？」

「えっ！」

あっさりと肯定されて驚く。

老女は信者でありながら、スフィの背信行為を肯定しているのだ。

驚かないわけがない。

「スフィ様が迷って困って疲れて……その果てにジード様がいたのなら、付いていけばよろしいではないですか」

「それは……」

スフィが言葉に困る。

立場に執着はない。

権力や名声だって言わずもがな。

しかし、アステアを裏切るには人生の大半を費やしすぎていた。

けれど、ジードへの恩を仇《あだ》で返すことも想像できない。

（どうしよう……）

スフィが迷っていると、卓上のマジックアイテムが反応を示す。

頭よりも大きな水晶の形をしている。それが紫色の置き座布団の上で、緊急を示す赤色で光っていた。

即座にスフィが魔力を通す。

「どうかしましたか？」

スフィの問いかけに水晶の向こうで血塗《ちまみ》れの男が答える。

見知った顔であった。

「『アステアの徒』です！　この戦争の裏でロイターが糸を引いてました！　ウェイラ帝

国の中枢で洗脳の大規模魔法を――！」

「……っ！」

紙がひしゃげるような不快音が水晶から届く。

向こう側の水晶が転がっているのだろう。視点が空や地面を映す。

届く映像に男の顔は映っていなかった。映り込んだのは顔だった肉塊だけであり、凄惨な遺体が転がっていた。

男の奥には無数の死体が並んでいる。

どれもスフィが遣わせた調査集団だった。

下手人は一人だけで姿はよく見えないが、どこかに連絡をしているようであった。

「――今すぐロイターの全権限を剝奪すると各地に伝令を送ってください。また神聖共和国の首脳や、教団が助力を求めた国々と組織に連絡をしてください」

「「わかりました」」

あまりにも早い決断であった。

ここに至るまでにロイターの不審な言動を調査集団が報告していたからだろう。

それは信者達の動きが早かったことからもわかる。

スフィが机の引き出しからマジックアイテムを取り出す。こちらも同様に水晶の形をしている。

（どうか繋《つな》がって……！）

スフィが願うように魔力を込める。

水晶が光る。

繋がった先はリフであった。

「久しぶりじゃの、どうした？」

事実上の敵対関係であったが、リフは旧友に街中で出くわしたような態度だった。そこに安心を感じるが、スフィは伝わりやすく、できるだけ早く言葉を紡ぐ。

「この戦争の裏にはロイターと『アステアの徒』がいます」

「知っておる」

リフの言葉に衝撃を受ける。

スフィとて万能ではない証明であった。

なぜ、もっと早く連絡しなかったのか。

なぜ、もっとコミュニケーションを取ろうとしなかったのか。

怠っていたわけじゃない。

むしろ休みもなく、睡眠時間を削って働いていた。

それでも戦争は他人に任せてしまっていたのだ。

まだ、本格的な戦争は始まっていないから。

まだ、リフは忙しいだろうから。

たった一瞬、スフィの脳裏に後悔と懺悔《ざんげ》が浮かぶが、即座に頭を切り替えた。

「教団の信者に呼びかけて連合軍や神聖共和国に進軍の停止を頼みました。できれば私達《たち》で――」

だが。

「勝手なことをされては困る」

ロイターが部屋に現れる。

それもスフィのすぐそばであり、肩に手を置くほどに近い。

転移を使ったのかロイター直下の部隊も続々と現れる。

「ロイター！」

「お久しぶりです、ギルドマスター。そしてさようなら」

水晶が砕かれる。

それからロイターがスフィの方を向いた。

「おまえは【聖女】なのだから、人族に害をなすようなやつと話すな」

乱暴な口調だ。

もはや猫を被《かぶ》る必要もないということか。

「今回の戦争の発端はあなたなのですか？」

「正確には『アステアの徒』だ」

「――人族に害をなしているのはあなたじゃないですか！」

スフィの怒声と共に信者が動き出す。

剣を抜く速度や状況を把握する能力は高く達人が相手でも不足はない。油断さえなかった。だが、同時に一人の隊員の影がぶれる。

スフィの信者全員に対して、ロイター側で動いたのは、部隊に所属する者のうちたった一人だけであった。

それだけで信者全員が地面に倒れ伏した。

「……なっ」

スフィの声が部屋の中に小さく響く。

――一人、倒れた影が動く。

老いた女性であった。

「左腕を犠牲に致命傷を避けたか」

ロイターが冷静に分析する。

老女は皮一枚でぶら下がっている左腕を勢いのまま投げ捨てる。

それから剣を持ってスフィの下に向かう。

間に精鋭が立ちはだかった。

が、女性の狙いは別の方にあった。

息のある信者はもう一人いた。

「……てん……い」

スフィの目に入ったのは女性の首が飛ぶところであった。

次の瞬間には神聖共和国の外にいた。

遠くから騎馬と馬車の駆ける音がする。

直感的に気づく。それがソリア達騎士団のものであると。

信者の行動は正しかった。

たとえ自分達が死んでも、最優先事項は教団を動かす権限のあるスフィを生き残らせることであった。

女性の決死の陽動。稼げたのは一秒にも満たないが、十分であった。

肺を突かれながらも息のあったもう一人の信者。

常人を凌駕《りようが》した魔法の著名な使い手であったが、超高難易度魔法である転移の届く範囲は広くない。しかし、判断は最上であった。

今までの会話から場所を推定して、託した先は神聖共和国最強の騎士団。

この間、３秒と少し。

戦闘の経験が乏しいスフィが即座に状況を理解することは難しいだろう。

ただ親しい女性の死に様だけは脳裏に焼き付けられた。人の死には慣れていることとはいえ、感情が死んだわけではない。

今まで蓄積した疲労やストレスも相まって、堰《せき》を切ったようにスフィの頬に涙が伝う。

◇

いよいよウェイラ帝国中枢部の奪還作戦が始まる。

そんな折、リフから呼び出しがあった。ルイナまで待機している。

「どうしたんだ?」

「すまんの、こんな時に」

もうあと数時間もしないうちに出陣だ。

みんなが思い思いの時間を過ごしている。祈ったり、鍛錬をしたり。

「俺は特に何もしてないから気にしなくてもいいよ」

おどけたように言うが、リフの表情は深刻そのものであった。

「実はスフィから連絡があった」

「本当か?」

何度となく連絡をしようと試みた。

しかし、ギルド経由では通じない。神聖共和国には行けない。どうしようもなかった。

そんなスフィが連絡をしてきたのだから、声を荒らげてしまっても仕方ないというもの。

ただ、リフの顔は芳しくない。

自然と不吉な予兆を察して続きを待つ。

「おそらくロイターの暴走を知らなかったのじゃろう。今になって気づいたようであった
……が、連絡が途絶えた。直前にロイターが現れおった」

「それって……」

「十中八九あの小娘の身に何かがあったのだろうな」

配慮するリフや、不吉なことを言いたくなかった俺とは異なり、ルイナは率直に推察できる状況を口にした。

「それで、俺を呼んだのはスフィの救援だな？」

「ああ、そうじゃ」

「いいや、違う」

リフは頷《うなず》いた。

だが、ルイナは首を左右に振った。

二人が異なる見解を示した。

「どういうことだ？　俺は何のために呼ばれた？」

「まず戦況を話す。ウェイラ帝国の中枢部は帝国軍と連合軍によって固められている。しかし、スフィの権限があれば多少は連合軍の戦力を削ることができる。真・アステア教徒の信心は心を誘導する洗脳魔法よりも強いじゃろうからの。さらに、戦勝以降の治世にも貢献してくれるじゃろう」

「だが、連合軍は今も集結して数を集めている。実力者も揃《そろ》ってきていて厄介だ。それにスフィがいなくとも戦後処理は何とかなる。小娘を救出するよりもウェイラ帝国を確実に奪還することが最優先だ」

なるほど、二人の意見は完全に分かれているようだ。

だから俺を呼んだのだろう。

俺の答えは決まっている。

「スフィを助ける。戦争とか複雑なことは考えない」

リフもルイナも俺の回答は予想していたのだろう。

納得と不満といった顔をみせる。

だが、否定されることはなかった。

「じゃろうな。ジードならばそうするとわかっておった」

「ごめん。俺にスフィのことを黙っていたら何も知らずにウェイラ帝国の奪還に協力していたのに……俺のために話してくれたんだよな」

「あとで怒られるのが面倒なだけじゃ」

リフがいたずらっぽく笑いながら視線を逸《そ》らす。照れ隠しなのだろう。

その仕草には見た目も相まって愛くるしさがある。

先頭に立って頑張るリフを抱きしめたい欲求が湧き出るが、今はスフィが優先だ。

「スフィはどこにいる？」

「神聖共和国じゃ。神都までいけばジードの探知魔法で余裕で助けられるじゃろう」

「わかった。ありがとう。みんなによろしく」

今は拠点としている街の一角。

魔法での奇襲を避けるために特別な魔法が掛けられている。

転移をするには一度ここから出なければいけない。


リフ達に挨拶を済ませて廊下に出る。

気配を感じて後ろを見るとルイナが付いてきていた。

「どうした？」

「んー」

ルイナが近づいてくる。身体《からだ》が密着しそうなくらいだ。

思わず一歩下がると壁にぶつかる。

「な、なんだよ」

「ジード、私はおまえだけは認めている」

「俺だけは……？」

「この戦いが終われば『アステアの徒』によって裏社会の繋《つな》がりで団結していた人族の国々は結束力を失う。その結果、最強かつ属国を抱えているウェイラ帝国が覇権を握るだろう。あんな訳のわからない組織には一切依存していないからな。列強の一つなんかじゃない。正真正銘の覇権国家だ」

「もうそんな皮算用をしているのか」

やや呆《あき》れ気味に言う。

だが、ルイナは意にも介さず続ける。

「ウェイラ帝国に来てくれ」

俺の胸元をルイナの手が触れる。

「その話は断ったはずだ」

「ああ。二回も無下にされたな」

「二回？」

「一回目は神聖共和国の勇者試験、二回目はスティルビーツの侵攻で口づけを交わした時のことだ。もっとも私は二回目の告白を断られたとは思っていないがな」

「ああ……」

微《かす》かに記憶が呼び起こされる。

ただ、過去の思い出に浸る暇もなく、ルイナの手が妖艶に身体を這《は》う。

「おまえは何か欲しいものはないのか？」

「……特に」

「では望むものは？」

「……」

はやいところ切り上げようと、無言で見つめ返す。

だが、予想に反してルイナが笑う。

「大丈夫。私を利用すればいい。おまえの望む世界をいくらだって作ってみせよう。おまえの好みの女だけで揃えた世界、おまえの好みの食事と酒がいつでも提供される世界、おまえがいつまでも眠っていられる最高の環境。いいじゃないか。世界平和の後にいくらでも楽しめる」

俺から手を離して、ルイナが大げさに手を振り上げて続ける。

「たった一回だ。私の誘いに頷くだけで世界はおまえのものになる！　クエナ達《たち》に気まずいか？　なら会わないようにセッティングしてやろう。リフに恩があっても気にしなくていい。私の下で過ごせばいい。この一回でそれが叶《かな》うんだ」

それはきっと魅力的な提案なのだろう。

もしもルイナに従ったら一切都合よく事が運ぶのかもしれない。

しかし、俺は首を左右に振った。

「いくら話しても無駄だ」

俺が離れようとするとルイナが手を摑《つか》んでくる。

「なぜ？　今のおまえが大事だと感じている価値はこれから更新されていく。こだわる必要なんてない」

「それはルイナの考え方だろ。俺のものじゃない。……それに」

すこし言いづらいが、ルイナの目を見てハッキリと言う。

「ルイナは怖いよ。ずっと俺のことばかり話しているじゃないか。俺の幸せとか、俺の喜びとか。そこに、ルイナがいない」

俺の言葉にルイナが目を見開く。

何かが彼女の胸を穿《うが》ったように感じた。

「いいだろう、本心を話そう。……私はおまえに媚《こ》びているのだ」

ルイナの顔が曇る。

どこか哀愁を漂わせ、女帝ルイナの全く知らなかった側面が映し出される。それは俺の足を止めるだけの威力を持っていた。

「私はよく勘違いをされる。私は自分でも強者だと思う。だが、もしも私よりも強い者がいれば傅《かしず》こう。そして、おまえが私の人生で初めて現れた唯一絶対の強者なんだ。こう見えても実は結構尽くすタイプなんだよ」

「ルイナ、何度も言うよ。俺は――」

「――おまえの望む世界を言え」

「スフィがいる世界だ。平和な世界だ」

俺の答えを聞くと、ルイナが諦めた様に口角を上げた。

「ジードには私の力が必要になるよ」

「……」

「結婚式とか考えたことあるか？　クエナ達はおまえを待っていると思うよ」

「……結婚式？」

「愛し合っている者同士が愛を誓う儀式だよ。憧れる女性は多い。おまえ達は結婚だの子供だのと口では言っているのだろうが考えたこともなかっただろう」

そ、そんなものがあったのか……

でもクエナやシーラはそんなことひとことも……

「わかるよ。話にも出なかったのだろう。でも、私がおまえの傍らにいたら必ず手配していたよ。私だけでなく全員が満足する結果にする。社会や人間関係においてはこういった儀式も時に必要なんだよ。わからなくてもおまえには私がいる。私に任せればいいんだよ」

　だから、とルイナが続ける。

「もしもウェイラ帝国が滅んで、私の権力が失墜するようなことがあっても、私を助けて守ってくれると約束してくれ」

　ああ、今になって彼女の気持ちがわかった気がした。

　きっと、不安だったんだ。

　ウェイラ帝国で君臨してきたから、その座を下ろされたことに恐怖していたんだ。

　だからこうして俺を止めて、喋《しゃべ》って、傅くなんて言っているんだ。

「——必ず守るよ。スフィのように、ルイナが危険に陥ったら助ける」

「はは……なんだか心の裡《うち》を初めて見透かされたような気持ちだ」

　ルイナが遠くを見るように右斜め上を見る。

　それから清々《すがすが》しい笑顔で吐く息が届くほどに近づいてくる。吸い込まれるような整った顔が俺の眼前に来て——交差する。

「私だけ約束してもらうのは都合が良すぎるな。……安心しろ。ウェイラ帝国での戦いが終わったら私がおまえの傍《そば》にいてやろう」

　ルイナが耳元でささやく。

いくら鈍感な俺でも理解できた。

きっとこれは愛の告白だ。

先日のソリアとの経験が生きてきている。

果たしてそれが世間的によろしいものなのか……は、さておき。

「……それも何だか都合が良くないか？　どちらにせよ結局、俺はルイナの傍にいることになるじゃないか」

「女子の覚悟を断るのか？」

そう言われると……否定しづらい。

でも、

「クエナ達の気持ちも大事だ」

俺はクエナやシーラと過ごす時間が多い方がいい。きっと彼女達も同じ気持ちでいてくれているはずだ。

「わかった。それならまずは私の初仕事だな。あいつらに私を認めさせてやる」

「え？　いや、別にそういう意味じゃなくて」

俺なりに断ったつもりだったのに……！

「――武運を祈っているぞ、ジード」

俺が話をする間もなく、ルイナが離れていく。

……いや、話し過ぎだな。

今はスフィの下に行かなければいけない。

◇

ソリアの率いる騎士団が、神聖共和国に帰還する道中で一人の少女を発見した。

「どうされたのですか、スフィ様！」

騎士の声にソリア達が外に出る。

そこにはたしかに見知った顔が涙を流しながら立っていた。

ソリア達が慌てて駆け寄る。

「何があったのですか？」

「ジードさんがウェイラ帝国に付いた話は本当ですか？」

ソリアの問いには答えず、スフィが質問で返す。スフィがかなり動揺していると見るや、ソリアは興奮させないように優しく、しかしハッキリと言う。

「やはりお耳に届いていたのですね。ジードさんは神聖共和国の敵になりました。いえ、正確には……」

「『アステアの徒』ですか」

「知っていたのですか？」

スフィの思いがけない言葉にソリアが驚く。

しかし、それ以上に取り乱したスフィを見て冷静になるよう努める。

「先ほど知りました。多くの犠牲を払って……」

「犠牲？」

スフィはあまりにも悲痛な面持ちで、ソリアはそれ以上聞くのを一瞬だけ躊躇《ためら》った。

その間にスフィが思い出したように言う。

「はやくジードさんの下に行きましょう。ここは危険です」

その言葉にソリアが戸惑う。

スフィの護衛であった信者達は強者ばかりであるが、ソリアの騎士団も人族でもトップクラスの集団だ。

常に前線に立ち、たとえいかなる敵であっても必要な戦闘は厭《いと》わない。

だが、スフィがそれをわからないはずがない。

それをわかっていて、危険だからジードの下に行こうと言うのだ。

いったい何があったのか。

その答えは突如として現れた。

「逃げられると思っていたのか、聖女スフィよ」

転移魔法。それもロイター率いる部隊が一斉に飛ばせるほどの。

しかも、スフィの居場所を探り当てられた。探知魔法も併用している。

ソリア達《たち》は眼前の敵がスフィの評するだけの者達だと理解する。

「ロ、ロイター……」

スフィが尋常ではない怯《おび》えを見せた。

そんなスフィをソリアは背に隠すようにして一歩前に出た。

「これはどういう状況ですか？　まるでロイター様が背信行為をしているようにも見えますよ」

「はは、バカな。背信をしたのはスフィです。……ああ、でも、貴女《あなた》も寝返ったのでしたっけ？」

「――――！」

どこまで知られているのか。

おそらくスフィとの連絡は全て筒抜けになっていたであろうとソリアはあたりを付ける。

「やれ」

ロイターが冷たく、そして即決した。

ソリアは戦闘経験こそ少ないが実力者であることに違いはない。そのソリアをして何が起こったか把握できず、視界にブレを感じた程度であった。

ロイターの部隊にいた一人の男が消える。

同時にフィルの茶色い髪がソリアの眼前を舞う。

「貴様……ッ！」

剣と剣のせめぎ合い。ギリギリと男が唸《うな》る。

フィルが押しているように見えた。

だが、フィルには苦悶《くもん》の表情が見えた。

剣のぶつかり合いの末にフィルが押し勝つ。

「はは、さすがだな」

フィルの健闘を見て、ロイターが余裕たっぷりに拍手をして讃《たた》えた。

だが、ロイターに返す言葉を誰も見つけられない。

フィル、ついで騎士団の各位、それからソリア。この順番で状況の不利を悟った。

明らかに実力差がある。

ロイターの率いている部隊は誰もが等しく強い。フィルと斬り合った男が特別強いわけではない。

「退《ひ》け。私は大陸でも五指に入る剣の使い手だ」

それはこけおどしだった。

たしかにフィルの剣技は凄《すさ》まじい。五指に入るというのも自負だけではなく、他者の評価とすり合わせた結果であった。

しかし、ここでは相手が怯《ひる》むことを期待して藁《わら》にも縋《すが》る想《おも》いで放った言葉だ。

ソリアの騎士団は強い。間違いなくそう言えるだろう。そのなかでも抜きん出た力を持つのがフィルだ。

そのフィルでさえ、ソリアを襲った男を押し返すのがやっと。

何よりも、ロイターだ。

腹部がキリキリと痛むのがわかる。本能が逃げろと叫んでいる。それでもなお、理性がソリアを守れと抑え込んでいる。

「おまえ達を殺す。それ以外の選択肢しかない。ましてや退くなどという冗談は口が裂けても言わん」

ロイターが冷徹に言い放った。

凶悪な殺意に騎士団の誰もが慄《おのの》く。

それならばフィルが取れる行動はひとつだけであった。

「――ソリア様、スフィ様を連れて逃げてください！」

フィルの後ろに騎士達が立つ。

彼らは全員が名誉爵位を与えられるほどの実力者でありながら、地位や権力に囚《とら》われることなく、世のため人のために神聖共和国とソリアの下に集った。

だからといって死を恐れないわけじゃない。

この場においては首と胴体が離れたとき——ようやく恐怖から解放されるだろう。

「悪いが逃がすという選択肢もない」

ソリアの騎士と、ロイターの部隊がぶつかり合う。

実力差は一目見て明らかだ。

明らかに——ソリアは逃げられない。

抵抗が叶《かな》うのはフィルだけであった。

だが、それもロイターが動いていないからだ。

「貴様……我らをいたぶって楽しんでいるのかっ！」

フィルが怒声を向ける。

それは少しでもソリアから意識を離すためのものであった。しかし、同時にロイターに対する純粋な問いかけでもあった。

「見極めているんだよ、私の手駒達を」

「何を言って……！」

否定しそうになるが、たしかにフィルとしても気になるところであった。

ロイターの部隊は明らかに人の領域を超えている。

一対一であればフィルも対処はできる。

しかし、二対一ならどうだろう。

三対一であれば負けが濃厚だ。

天才、麒麟児《きりんじ》、神童、そして剣聖。

名声を欲しいままにしてきたフィルでさえこれなのだ。

大陸中の精鋭を集めている騎士団でさえ時間が過ぎると共に人が死んでいく。

「疑問に思わなかったか？　なぜウェイラ帝国を滅ぼそうとしているのか。簡単だよ。私達が人族を一致団結させて魔族を滅ぼしたいからなんだ。しかし、残念ながら魔族は強い。そこは認めなければいけない。だから足手まといにならないか見極めている」

それからロイターが配下の一人を指さした。

「そこの男はどうしてここまで強くなったと思う？　生き物の壊し方を幼い頃から教えた。魚の骨を折って生き締めするように、頭蓋をまるで風船を割るように、壊し方を教えた。もちろん多くの実践を積ませたさ。戦闘の才能がない者を百は殺させた」

その表情に曇りはない。

自分の行動を一ミリも疑っていない。

それゆえにフィルが感じる嫌悪は尋常なものではなかった。

「ゲスが……っ！」

「無知ゆえにそう捉えるのも仕方がない。しかし、これはアステア様の意向なんだ。人族をいかに効率よく強くし、アステア様に貢献させるか。そこが大事なんだ」
ロイターは根気よく説明しようとしていた。
それは純粋な信奉心とフィルに対する尊敬からくるものだ。
フィルは強い。だからその育成法が気になる。そして同じアステアを信奉する者として
これからも人族のために役に立ってくれるだろうと考えていた。
スフィやソリアは人に明確な意思の下で指示をする立場であり、もはや救いようがない
と考えていた。だが指示に従っているにすぎない戦闘員であればいくらでも手の施しよう
がある。
しかし、それはロイターの勘違いであった。
「おまえのようなゴミがこんなにも近くにいて気づけなかったことに……自分が腹立たし
いよ」
「そう思うか？　しかし、私の行いがアステア様のお考えだとしたらどうだ？」
「おまえのような狂人にアステア様の名前を出してもらいたくはない」
「ふむ。もしも、でいいさ。もしもアステア様の思《おぼ》し召《め》しだと証明できれば、おまえはソ
リアを捨てるか？　ならば命だけは助けてやってもいい」
それは決して戦闘を楽に進めるための方便ではなかった。
命を助け、これから便利に使ってやろうという考えではあったが。

それの問いかけに、フィルは即答した。

「──私はソリア様のために剣を振るっている」

「そうか。ならばこれ以上の駒の損失は無用だな」

ロイターが大剣を抜く。

ゾワリとフィルが震えた。

空気が数段階冷えたような錯覚に陥る。

音を置き去りにした一撃がフィルに振るわれる。

辛うじて防ぐことができたのは勘としか言いようがないだろう。

たったの一振りで絶望が生まれた。

だが。

ロイターが虚空を見つめる。

そこから──男が現れた。

「ジ、ジード!?」

「ジードさん！」

「ジード様！」

フィルが驚きを含んだ声で、ソリアとスフィは信じていたかのような声でジードを迎えた。

ロイターの口が歪《ゆが》む。

「来たか。勇者ジード」

膨大で強烈な魔力同士の衝突に、耳をつんざく音と強風が巻き起こる。

そんな男から発せられた第一声は、

「――逃げてくれ、みんな。今の俺よりもロイターの方が強いみたいだ」

あまりにも衝撃的な言葉だった。

そして、ジードにとっても、ロイターの次の言葉は計り知れない衝撃だった。

「それはそうさ。俺はおまえの力を知っている。なぜなら俺がおまえの親だからな」

◇

ウェイラ帝国の帝都には議会専用の施設がある。防諜《ぼうちょう》に特化し、他国から内密に使者が来ても誰の目にも触れないようにもできる。

外見からはそれぞれが別々の建造物のように見えても地下が連結していたり、地下そのものが会議室になっていたりと特殊な構造をしている。

常に戦争や内政で問題を抱えながらも発展してきたウェイラ帝国だからこその施設であるとも言える。

しかし、今日ここにいるのはウェイラ帝国外の人間が多数を占めていた。

その施設の一室では連合軍の錚々《そうそう》たるメンツが揃《そろ》っていた。

全員が対等であることを示す円卓を十名を超す者達《たち》が囲んでいる。

「ウェイラ帝国の侵攻は確定ですね」

騎士の恰好《かっこう》をした男が手元の資料を机に投げてため息を吐《つ》く。

クゼーラ騎士団が地位や名声を安売りしていた時とは違う。まとう風格も実績も偽りは一切ない。

まぎれもない本物の騎士だ。

「あまり戦争はしたくなかったがな。話し合いはできなかったのか？」

額から右頬にかけて深い傷を持つ男が言う。

見た目は荒々しいが繊細な動きを意識的に心掛けている。一目で常在戦場を心掛けている猛者だと見抜けるだろう。

実際、彼は名のある傭兵《ようへい》団をまとめて、自分も最前線に出て一騎当千の活躍をしている。

「バカを言うな！　あの女に話し合いを持ち込めば以前に戻るだけだろう！」

洗脳――実際は扇動に近い――魔法を受けているウェイラ帝国の軍長が机を殴りながら意見を強調する。

それに対して誰も否定の声を挙げなかったのは、ひとえにルイナへの信用だろう。ここでは敵意の裏返しともいえる信用だ。

「だが、問題ないだろう。数はこちらの方が何倍も多い。さらに有利な防衛側で、帝都の防衛機構をフル活用できる」

「その通りだな。我らに負けはない」

ややや会話に熱が帯びてくる。

そこに慢心を感じ取り、慎重な女性が諭すように対立的な意見を出す。

「しかし、相手側にはウェイラ帝国の中核を担う戦力が合流していますわ。それにギルドも戦争に加担をしているのですから。ギルドが全面的に協力しているのならば要注意戦力が何人もいますから油断はできません」

それに同意するように物腰柔らかなメガネの男性が頷《うなず》く。

彼は文官でありながら軍事会議に参加するほどの知識人であり、兵站《へいたん》を一手に管理しているやり手だ。

「ギルドマスターのリフは旧世代の【賢者】であり、Sランクで数々の未踏の大地を制覇した【探検家】のトイポや【勇者】を辞退した同じくSランクのジードも参戦していると聞いています」

ジードやリフの名前で大多数が殺気立つ。

その者達が『アステアの徒』のメンバーであることは明らかだった。

やり場のない怒りは自然と皮肉に変換される。

「ギルドは所詮、烏合《うごう》の衆だ。実力者が揃っていることは認めるが、Sランク最強の【星落とし】ロイターを始め、真の強者や賢い者はこちら側についている」

「間違いないな。それに裏切った者共はウェイラ帝国の中核戦力などと言われているが、ジードひとりに敗れたのだろう？　スティルビーツや東和国での戦いでは大敗している。列強の中でもトップクラスの戦力を保持しているなどと言われていたが、果たして本当にそうだろうかね？」

「そのジードもギルド内ではロイターに最強の座を欲しいままにされていたのだから、大したことはないだろうな」

全員の意見は一致した。

そこに慢心はあったのだろうか。

大陸でも精鋭や屈強などと呼ばれる面々が揃っている。

戦争は十全な事前情報を摑《つか》むことはできず、戦場では不確定要素が多い。予想不能なことも多い。

「――我らは勝てる」

しかしそれは士気の高揚や恐怖の麻痺《まひ》を目的としたものではない。

経験に裏打ちされた直感から来る、彼らの確信だった。

◇

ウェイラ帝国。

『アステアの徒』が大規模な人員を投入して発動した洗脳魔法と、リフがたった一人で作り出しているアンチ洗脳魔法が主導権争いを繰り広げていた。

ジードを除けば、実際に発動している者同士でなければわからない。

ドーム状に展開された魔法が互いを食い合っている。

半分が洗脳、半分がアンチ洗脳だ。

このため戦場を支配しているはずの洗脳魔法は不完全なものになっていた。

「攻め込めるか？」

テントの中で、ルイナが声を掛ける。

「いつでも構わんのじゃ」

ルイナの問いに、両手を挙げて魔法を発動しているリフが答える。

リフの額には汗が光り、目をきっちりと閉じている。その様子だけで、かなり集中していることが伺えた。

あまり話しかけて欲しくなさそうな渋い顔つきだ。

ルイナがニヤニヤしながらリフの周りをうろつく。

「大丈夫だろうな？　こちらの手の者が洗脳されては困るぞ？」

「わらわに間違いはないのじゃ。それより集中しておるから静かにしておれ」

リフの顔に不満と怒りがにじみ出る。

今リフが魔法でせめぎ合いをしているのは数十人で構成された、大陸屈指の魔法集団だ。

たった一人で、集中さえしていれば対抗できるなどリフくらいなものだろう。

ルイナが意地悪な面持ちで言う。

「私は万が一の話をしているんだ。保険はあるか？」

「そんなものはないのじゃ」

「おいおい、それでは――」

ルイナの言葉が途中で遮られる。

ついにリフの額の血管が切れた。

「うっせえええのじゃー！　さっさと行くのじゃあああああ！」

「はは、すまんすまん。さて、と」

満足したルイナがテントの外に出る。

そこは小山の頂上となっていて、周囲一帯を見渡せる。

わざわざルイナが専用に作らせたものだった。

そしてルイナの眼前。そこには一万を超える軍隊が揃っていた。

「さて、諸君──」

ルイナが滔々《とうとう》と語る。

それは一分にも満たない言葉であったが、一万の軍勢は命を惜しまないほどに士気を高揚させた。

最後にルイナが手を掲げた時、彼ら全員が奮い立っていた。

第一陣が進軍を始める。


第一陣はイラツやバシナなどのウェイラ帝国軍人だった。

帝都を囲む平原。

草木がないのは防衛上の利点である。

帝都を囲む外壁のいたるところに穴が開く。

綺麗《きれい》に横一列に揃ってはいるが、離れた距離から見れば黒い斑点のようなそれに生理的な嫌悪感を抱く者も少なくないだろう。

それだけ数の多い──砲台である。

さらに数万の軍勢も待ち構えている。

それぞれがそれぞれの国旗を持ち、列強といわれる国々の精鋭も来ていた。

「舐《な》めおって。たかだか数倍程度の兵力差で精強なウェイラ帝国軍の我々に勝てると思っているのか」

「相手にはウェイラ帝国軍もいるようだが？」

イラツの吐いて捨てる様な言い草に、バシナがちょっかいをかける。

「洗脳されていたからこそわかる。あのようなまやかしに本来の力を引き出すことはできない」

「はは……間違いないな」

第一陣。

たった三千の兵力だが、平原の一面を埋め尽くしていた。

砲撃を物ともせず、迎え撃つ軍勢が豆腐のように簡単に切り崩されていく。

人族最強の軍隊。

そう言われながらも、たった一人の男に半壊まで追い込まれ、中堅国家程度のスティルビーツに敗北し、東和国でも決して良好な結果を得られなかった。

苦汁を嘗《な》めさせられ、各国からは嘲笑の的だった。

だが、この一戦で再び評価が覆ることになる。

◇

第二陣。

そこにはユイとシーラがいた。

互いに視線を合わせず、前線で展開されている戦いを見ていた。

不意にシーラが口を開く。

「ジードのこと襲いたいの？」

「ん」

「それは女帝の命令だから？」

「んーん」

「本心で好きなの？」

「ん」

ユイがそっけない態度を取っているように聞こえる。

しかし、そこには深夜に行われる恋バナのような茶化しと生真面目さが漂ってた。あるいは殺し合う寸前の修羅場のような雰囲気にすら見える矛盾もある。

「ジードと実家に行ったんだってね」

どこから聞いたのか。

そんなこと、たとえクエナやジードが聞いても疑問に思わないだろう。

それがシーラだからだ。

しかし、ユイも諜報《ちようほう》を得意とする者だけにわかる。シーラの情報収集能力は警戒に値する力であった。

ユイはシーラの目を真っすぐに見つめ、端的に答える。

「ん」

シーラが振り返って視線を交差させる。

「私も好き。それにジードと付き合ってる」

「……」

ユイが戦場に視線を戻す。

ウェイラ帝国は重婚が認められている。

しかしながら、心情的に独占し合いたいという気持ちは誰にでもあるだろう。

だからシーラが機先を制しているのだとユイは思った。

そんな考えに反して、ユイの眼前に手が差し伸べられる。

「ジードやクエナは私が説得する」

「どして」

「私も家族関係で色々あったから気持ちはわかる。好きな人と離れたくないよね」

「……ん」

それは不健全な依存なのかもしれない。

けど、これまで肯定も否定もされたことがなかった。

むしろ奇跡的に二人の中には共感しかない。

だからユイはシーラの手を握る。

「これからよろしくね！」

「ん」

「そのためにはここを生きて勝とうー！」

「ん」

満面の笑みを浮かべるシーラと、表情は皆無のユイ。

対照的な二人だったが、不思議と心は同じだ。

――光の剣技と闇の魔法がコントラストをつくりながら、しかし混ざり合うように戦場で暴れる。

◇

戦いは激しくなっている。

その裏でルイナの呼び出しを受けたクエナが密談を交わしていた。

「これを持っていくといい」

ルイナがひし形のマジックアイテムを渡す。

それを受け取ったクエナが首を傾《かし》げる。

「これはなに？」

「完全冷却のマジックアイテムだ。どんなものでも凍らせることができる」

「いらないわよ。私は自分の力で戦える」

クエナが受け取りを拒否する。

しかし、ルイナは突き出したまま収めない。

「勘違いだ。これを戦いで用いよと言っているのではない」

「じゃあ何よ？」

「中枢部の要人の近くに自爆用のマジックアイテムが用意されているだろうから、それを凍らせるのだ」

「……正気？」

「私が彼らの立場ならそうする。言っただろう、これは戦争だ。相手が手段を選ぶとは限らない」

ルイナが淀《よど》みなく言い切る。

自らの予想に塵《ちり》ほどの疑問も持っていないようだった。

「それなら帝国を乗っ取った意味がないじゃないの」

「おまえが思い至らないのも無理はない。真っ当な倫理観を持っていれば、自らの死など脳が想像することも理解することも拒絶するのだからな」

ルイナの言葉に貶《けな》されたような気がして、クエナが片方の眉を下げて不快感を示す。

「さすが。外道同士は同じ考えを共有できて素晴らしいわね」

「こんな考えができるから、きっと私は生き残ってこれたんだ」

ルイナの顔に陰りが生まれる。

それが見る者の気を引く演技であるとわかりながら、どこか感じる魔性にクエナは意識を別のものに移すことができない。

「私みたいに帝国から離れれば良かったじゃないの」

「本気で言っているのか？　おまえを私が陰から助けていたんだぞ？」

「……それを信じろって？」

「私達の兄弟が死んでいったのを覚えているか」

「知ってるわよ。父が……帝王が衰弱した時に一気にね。どうせ、あんたが裏で殺しまくってたんでしょ？」

クエナの嫌味に、ルイナが弱々しい顔で俯《うつむ》く。

「おまえは不思議に思わないか。ウェイラ帝国は実力主義なんだ。それなのに頂点だけは血筋で決まるなんて。そして、それを誰もが妄信するなんて。ちょっと考えればあり得ないことだってくらいわかるんだよ」

「あんたが下の人間を抑えつけたんでしょ」

「私が女帝になった時の話はしたか？」

否定も肯定もせず、ルイナが問う。

クエナは思い返しながら答える。

「前宰相一派を殺して村を燃やしたんでしょ」

「宰相一派を殺したのは本当だ。しかし、村を燃やしたのは私じゃない」

「は？　あんた……言ったじゃないの！　村を燃やしたのは自分だって！」

「だからそれが嘘《うそ》だと言うんだ」

ルイナがあっけらかんと言う。

「あああーー！　あんたと話してると頭がおかしくなりそうだわ！」

クエナが頭をかきむしり、赤髪を揺らす。その鮮やかさゆえに燃え盛る炎のようにすら見える。

似たような色と長さの髪を持つルイナが微笑《ほほえ》みながら目を細めた。

「いいか、今この時だけは私は本当のことしか言わない」

「その時点で嘘なんでしょ、どうせ！」

クエナがびしりと指さしながら言う。

もう騙《だま》されたくはないようで、人間不信に陥っている気配すらあった。

だが、気圧《けお》されることなく、ルイナが続ける。

「本当だ。実はジードに本音を伝えたんだ」

「ほ、本音……？」

つい気になってクエナがオウム返しする。

「意中の男だと伝えたよ」

「い……!?」

そんな言葉で顔を赤らめるくらいには、クエナも純情な心を持ち続けているようだった。

ルイナもどこか面白そうに笑みを深めている。

「だから、もう一人くらいなら私の胸中を吐露しても良いと思ったんだ。そして、思い浮かんだのが昔から気にかけていたおまえだ」

和やかな雰囲気が一変した。

クエナが目を尖《とが》らせて矛盾と思《おぼ》しき点を指摘する。

「ほら、嘘じゃないの！　私のことなんて気にかけてなかったはずでしょ！」

「私は家族が大好きだったのさ。でも表にはあまり出していなかった。そうやって隠すのは生まれた時からの癖なんだろう。生きるための処世術ってやつだ。おまえならわかってくれるだろう？　宮廷にいるとそうなってしまうんだよ」

思い当たる節があるのか、クエナが押し黙る。

「前宰相は女だけは生かしておいた。誰でも良かったんだ。女が帝位を継いだ後に婚姻を結べば晴れて帝王だからな。だが、ミスを犯した。私を活《い》かすというミスを。結局返り討ちにあったわけだ」

「じゃあ村を燃やした意味はなんだったのよ」

「私の地位が危うくなれば婚姻を結ぶのも容易《たやす》くなり、完全に帝位を簒奪《さんだつ》することができると考えたわけだ。私に子供なんていないし、継承権も帝国を捨てたおまえや親戚筋にあるくらいなものだったからな。簡単に運ぶはずの計画だったろうさ」

クエナがひし形のマジックアイテムを握り、背を向ける。

「……どうしてそんなに良い子ちゃんぶりたいのか知らないけど、正直興味ない」

ルイナの返事を聞くことなく、クエナが表に出る。

外にはネリムが立っていた。

「盗み聞きしてたの？」

「クエナを待っていたのよ」

「それ同じことじゃないの？」

「どうでしょ」

クエナとネリムが横並びで歩く。

しばらくしてからネリムが口を開いた。

「私が邪剣になってからさ、自分の国が滅んでいたことは聞いてたのよ」

「急になに？」

「気が狂いそうな年月が経《た》ってさ。家族のこととか思い出したの。色々あっても、やっぱり家族って特別な関係だと思う。そっちにも複雑な事情はあるんでしょうけどね。ロクでもない別れ方をすると喪失感すごいわよ」

「……だって、あいつ何を考えてるのかわからないし」

クエナが口を尖らせながら言う。

心情的に納得できない部分があるのだろう、とネリムが察しながらも首を振る。

「今回の作戦、覚えてるわね？　私とクエナで敵の中枢部に突撃。『アステアの徒』の魔法部隊を殲滅《せんめつ》するの。たった二人でね」

「それが何よ」

「大仕事じゃないの。ルイナの腹心はユイって子のはずでしょ。でも任されている。あんたはそれだけ認められてるってことよ」

「別にこれくらい」

ネリムが続ける。

「それにさっきの話だけどさ。気づいてる？　ルイナが女帝になったのなら宰相の思惑通りに事は進んでいるということよね。そこまでくれば他の血筋は邪魔なだけ。力のある公爵家とか将軍家とか、他国の王族とかなら消すのは難しいだろうけどさ。クエナは無名の駆け出し冒険者だったんでしょ。なら殺されてもおかしくはなかったはずよ。でもクエナの様子からして暗殺者の気配すら感じなかったのよね。誰かが守ってでもいないかぎり変な話よ」

「そんなのいくらでも反論できるし」

クエナが口を尖らせながら言う。

ネリムは両肩を上げて首を振った。

「強情ね」

「あいつの日頃の行いが悪いからよ」

「そうかもね」

ネリムの頬が綻ぶ。

つられてクエナも笑ってしまう。

「まあでも、うん。少しはあいつの話を聞いてやってもいいかも」

「それがいいかもね。何もわからないままは……きっと良くないから」

ネリムが空を仰ぎながら言う。

思い出しているのは亡き勇者のことだ。

なにが彼女を裏切りに導いたのだろう。

もっと話していれば結末が変わっていたのか。

いくら反芻《はんすう》しても答えが出てこない迷路だ。

「……あれ、でもさ。ルイナは私とジードだけに本心を話しても良いって言ってたわよね。ネリムが盗み聞きしてたのならジードと私とあんたで三人になるわよね？」

それはルイナの望むところではないはずだ。

なぜかクエナの心の中にモヤモヤが生まれていた。その正体を彼女はまだ知らない。

「あ、戦場が良い感じに白熱してるわね」

クエナの言葉を遮るようにネリムが戦場を見る。

ジト目でクエナがネリムを見つめるが、振り返えられることはなかった。その代わりに手が差し出される。

「それじゃ転移するよ。内部には空間を把握してなくて転移できないから、ここから見える王城の上あたりに飛ぶわよ。どうせ魔法を使ってる連中もその辺にいるでしょ」

「はいはい。さっさと行きましょ」

戦闘前の空気感ではない。

だが、それは実力を発揮するために力を抜いてリラックスしているようなものだった。

「――転移」

ネリムの言葉と共に、一瞬にして二人の表情が引き締まる。

この切り替えの速さこそ、二人が熟練の戦士であると物語っていた。

◇

転移した先は空中だ。

「本当に上じゃないの！」

クエナが思わず叫ぶ。

魔力で身体《からだ》を強化すれば問題ないとはいえ、かなり高度があった。

王城の屋根へは数メートル程度の距離だが、地上までは何倍も離れている。備わった本能が恐怖を呼び起こすのは無理もない。

「――行くわよ」

隣で落下するネリムが小さく口にする。

それから剣を振るい、空気を震わすほどの圧が空から降り注ぐ。

風の系統の魔法であるとわかる。

それらはクエナ達《たち》よりも先に王城の屋根に辿《たど》り着く。

通常より遥《はる》かに頑丈な作りをしているはずの建造物だが、ネリムの魔法によって豆腐のように簡単に崩されていた。

（本当に化け物ね……！）

クエナが改めて認識する。

隣にいる青い髪の少女は史上最強の剣聖と言われていた傑物なのだと。

目の前でネリムが巻き起こした猛威はそれだけ突出していた。

二人が着地したのは巨大な空間だった。

突貫工事をしたのだろう。雑にくり貫《ぬ》かれた部屋を連結させている。

「なっ、何者だ！」

突然の来訪者に、部屋にいた人物達が声を荒らげる。

「ここの住人だった者よ」

つい、クエナが懐かしむような言い方をする。

住んでいたとしても随分と昔の話だ。

しかし、どことなく内装などに見覚えがあり、郷愁を感じたのだろう。

「ル、ルイナ……!?　いや、似てはいるが、妹のほうか！」

「よくご存じで。そちらはウェイラ帝国軍……じゃなさそうね？」

「……っ！」

クエナの視界には三十人程度のローブ姿の集団があった。

魔法陣が描かれており、今も維持するためか数名がクエナ達に意識を向けることなく、苦悶《くもん》の表情で魔法の行使し続けている。

「ビンゴみたい。『アステアの徒』が擁する魔法部隊で間違いないわ。ここを抑えれば洗脳の魔法を排除できる」

ネリムが嬉々《きき》と邪剣を構える。

「貴様ら……！」

集団が躊躇《ちゅうちょ》なく魔法を発動する。

上位の攻撃魔法や高度な転移、幻惑の魔法を行使している。

高いレベルの魔法使いであるとわかる。

だが、相手が悪かった。

それら魔法部隊は一瞬にしてネリムに討ち取られる。

逃げようとした魔法使いもいたことだろう。

しかし、一人たりとも逃げ切れていなかった。

「あの……私の仕事がないんですけど」

「クエナはルイナから託された仕事があるでしょ。ここからは別行動よ。私は他の魔法部隊を捜すわ」

「他の魔法部隊？　こいつらだけじゃないの？」

「これだけの規模で神域レベルの魔法を常時発動しているのよ。おそらく交代制で行使してるはず。他に三部隊はあると考えてもいい。まぁさっき城内を探知魔法で探ったからおおよその検討はついてるんだけど」

「そんな数を相手にネリムだけでやれるの？」

「私の心配は不要よ」

「それもそうね。こんな一瞬で終わらせちゃうんだから」

「それよりもクエナの方が大丈夫なの？　魔法部隊と出くわしたら戦わないといけないのよ」

「やれるに決まってるでしょ」

クエナが心外だと頬を膨らませる。

どうやらネリムも本気で心配しているわけではないようで、あっさりと頷《うなず》く。

「この騒ぎを知って自爆を決めているかもしれない。もし籠城でもされて時間稼ぎをされたら面倒よ。とにかく何かしらの怪しい動きがあればすぐに私に合流して」

「わかったわ」

◇

ネリムと別れ、クエナが顎に手を当てて思考に耽《ふけ》る。

（もしも自爆用のマジックアイテムなんてあるとしたら……どこよ？）

肝心なことをルイナから聞きそびれていたことに気がつき、少しだけ自分に呆《あき》れた。

あるいはルイナでさえ場所まではわからないかもしれない。

だが、冷静なクエナだったら聞くくらいはしていただろう。それができなかったのはひとえにルイナに対する敵対心だった。

（これは嫉妬だ。私にないものを持っていたから……）

クエナが自戒する。

ルイナは多くを持っていた。

若くして才覚を発揮し、多くの貴族や将軍の支持を得ていた。

何よりクエナは娼婦《しょうふ》との子供であり、ルイナは正妻の子供だった。

幼い頃から「差」を痛いほど理解してしまっていたのだ。

（前宰相の件だってそうよ。本当はわかってる。ルイナは私を国外に逃がしてくれたんだ）

クエナが拳をつくる。

強く握る。

強く否定したくなる気持ちを抑えるようだった。

（私は娼婦との子供で、ルイナは正妻との子供。血筋を取り込むために女性がひとり必要ならルイナだけで十分。むしろ私は不適格。もしもルイナが私のことを見下したりどうでもいいと思っていたりするのなら……私は死んでいた）

守ってくれていたのだろう。

振り返れば、そう思えるほどにこれまでの人生には不自然な点があった。

だからこそ、だった。

（ジードは私のもの。ルイナが唯一持っていないもの。あいつが羨ましがるほどの……）

かつては無意識に感じていたものだった。

しかし、今でははっきりと意識してた。

ジードの存在は心理的にルイナに対抗するための道具にもなっている。

（……私はなんてことを）

こんな考えを持ってしまった自分に反吐《へど》が出る。

だが、否定はできないのだ。

そうしてジードの価値を再確認したり、ジードに後ろめたさを感じたり、そうするうちにより一層ジードへの想《おも》いが強くなってしまうのだ。

（最初に好きになったのはいつなんだろう……でも、きっとルイナと再会するよりも前に……）


しかし、根っこにあるジードへの好意は紛れもない本物だった。

だが、脳裏にルイナがちらついて仕方ない。

（あああー！　もう、そうじゃない。捜すの！　今はとにかく……）

クエナが少しだけマジックアイテムの在《あ》り処《か》について考える。

たった少しの直感を働かせて、なんとなくの予想をつける。

それから足を動かす。

赴いたのは王城の中央。

食糧の貯蔵庫も担っている場所だ。

（まあ十中八九ここね。ここになければ王城にはないと考えてもいい）

クエナが巨大な扉に触れようとして止まる。

（……もしもウェイラ帝国がなくなったら？　きっとルイナは何もなくなる。もしかすると私のように普通の人として過ごさなければいけなくなる……？）

自分にとって都合の良い考えばかりが浮かぶ。

「おや？　どちらさんですか？」

突如、声がかかる。

振り返ると眼鏡をかけたぼさぼさの髪の少年がいた。

エイゲル——

多種多様なマジックアイテムを操る、次世代の魔法使いとも言われる者だ。

そして、彼は【賢者】だった。

「……！」

クエナが構える。

『アステアの徒』は敵だ。

だが、そんなクエナの警戒とは裏腹に、エイゲルは引き気味だ。

「え？　た、戦うっすか？」

「そのためにここにいるんじゃないの？」

「いや、僕はその部屋の中に用事があるだけなんで」

「ここに？　なんの用事？」

クエナの問いにエイゲルが悩んだ風を見せる。

「さっき王城の天井に穴ができていたんですよ。あれってそちらがやったんですか？」

「正確には私じゃないけど、仲間がね」

「ならこちらの敵ってわけっすね」

エイゲルが言う。

「やっぱり敵じゃないの！」

そうクエナが受け取るが、エイゲルが続ける。

「違いますよ。陣営的な話ではそうですけど、僕は戦うつもりはないです。とりあえず急ぐんで中に入ってもいいです？」

「事情を説明しなさい」

「入りながらですよ。じゃなければ僕達全員お陀仏《だぶつ》ですからね」

エイゲルが食糧庫を開く。

中にあったのは豊富な食糧――ではなく、二つの巨大なマジックアイテムだった。

ひとつは黒と白が縞模様《しまもよう》になった水晶型のマジックアイテムだった。

四つの柱に挟まれて固定されている。

エイゲルはそちらに用事があったようで、衣服に備え着けてあるホルダーから幾つものマジックアイテムを取り出して弄《いじ》っている。

「う～ん？　ん……あれ？　ああ……」

何やらやっているようだが、クエナは専門外でわからない。

警戒を怠らないよう距離を取りながら、素直に首を傾《かし》げて問いかける。

「これなに？」

「転移用のマジックアイテムっす」

「は？　なんでそんなものがここにあるの」

「転移とはいっても虚無に送るものっすよ」

「虚無ってなによ？」

「それは解析中なんですが、まあ送った物は全部消失してるんで灼熱《しやくねつ》のマグマより生存不可能な場所なんでしょう。なんで転移魔法とか言ってみましたけど、実際は破壊魔法よりも効率的な破壊用のマジックアイテムっすね」

「は……？」

クエナが呆《ほう》ける。

話の内容については半分くらいしか理解できていないが、それが危険なマジックアイテムであることはわかった。

「待って、それをどうする気なの！　発動させるつもりなら——！」

「よし。解除完了っと。これで発動はしないっすよ」

エイゲルが額の汗を拭いながら呟《つぶや》く。

予想外の行動にクエナに疑問符が再び浮かびあがる。

「どういうことよ。あんたは連合軍の側じゃないの？」

「いや、戦争はどうでもいいんすよね。争いなんて非効率だし。諍《いさか》いから生まれる資金だけ貰《もら》えれば十分なんで。技術提供こそしましたけど、親から人に迷惑をかけるなって教わったんで後始末してるだけっす」

エイゲルが細々としたマジックアイテムをホルダーに収めると部屋から離れようとする。

「はやく逃げた方がいいっすよ。そっちは爆発系統のマジックアイテムっす。僕が用意したものではなく解除も難しいので放置しちゃいますが、早くしないと巻き込まれるっすよ」

それだけ言い残してエイゲルが去る。

「……なんだったのよ」

突如現れた賢者。

ロクに会話をすることなく立ち去って行った。

悪いやつではなさそうだ、とはクエナの勘だった。

しかし、今はエイゲルのことはどうでもいい。

クエナが起動間近であろう、もうひとつの脅威を見る。

単純な爆発を起こすものであれば、あとはルイナから託されたマジックアイテムを使うだけで止められる。

だが、余計な考えが再び頭をかき乱す。

「……もしもウェイラ帝国がなくなれば」

再びそんな思考に入る。

不意に背後に気配を感じる。

「見つけたのね」

ネリムの声だった。

返り血ひとつ浴びていないが、余裕たっぷりの様子から魔法部隊を既に全滅させたのだとわかる。

「あとは預かったマジックアイテムを発動するだけよ」

ネリムが腕を組みながら壁に背中を預ける。

「クエナって劣等感の塊よね」

「急になによ」

「悔しいならルイナなんて気にしなければいいじゃないの」

「別に気にしてなんか……」

「ルイナは気にしているみたいだけどね」

「あいつが？」

クエナが意外そうに言う。

クエナもネリムの洞察力は認めていた。

実際に今も自分の心境を言い当てられたのだから、ルイナが気にしているという発言も信ぴょう性があると感じずにはいられない。

「ルイナは多分、ジードのことが好きよ」

「それはあいつが強いから利用しようとしているだけでしょ。意中だって伝えたのも、ジードをいいように使いたいだけよ」

「好きになる動機は人それぞれよ。大事なのはあんたがライバルになってるってこと。多分、それはライバルと認めているから渡されたのよ」

クエナの握るひし形のマジックアイテムを、ネリムが指さす。それから続けて、

「『私は敵の動きを見抜けるぞ』って言ってるのよ。自分の凄《すご》さを示そうとしてるの。いい？　あんたは自分が思ってるよりも強いわよ」

ああ、とクエナが呟く。

それから自らの頬を思いっきり殴った。

口元から血が滲《にじ》むほどの強さだった。

「ここでウェイラ帝国がなくなったらジードが困るわよね」

クエナの頭から余計なしがらみの影は消えていた。

「爆発したら、この場にいる私も結構困るんだけどね」

ネリムが頬を掻《か》きながら補足する。

それからクエナがひし形のマジックアイテムを突き出す。

食糧庫だった場所は軋《きし》むような音と共に絶対零度を迎える。

扉を閉めて外に出ても白い息が出るほどに。

第四話　その姿は勇者か、魔王か

　ソリアがジードに対して声を荒らげる。

「ジ、ジードさんが勝てなくとも私達《たち》と一緒に戦えば……！」

「大丈夫。はやいところ逃げてくれ」

　ジードが口角を上げながら言う。

　ぎこちない笑みだったが、ソリアにとっては見知った表情だった。誰かを安心させるために無理やり作る笑みだ。

「ソリア様……残念ながら私達は足手まといです」

　フィルが隣から声をかける。

　彼女達も素人ではない。いかに心苦しくとも撤退のタイミングは間違わない。

「――ご武運を！」

「ああ」

　全員が負傷者をつれて馬や馬車に乗る。

　中にはスフィの姿もあった。

　その影が見えなくなったあたりでジードがロイターを見る。

「いいのか？　逃がしても」

ゆったりとジードが問いかける。

ロイターが微笑《ほほえ》んだ。

「かまわないさ。おまえを殺した後でもすぐに追いつける」

「随分と余裕だな」

「私の実力をわかっているのだろう？」

ジードの目には大気を切り裂かんばかりに放出される魔力が視《み》えていた。

それは圧として肌にひしひしと伝わってくる。

「聞きたいことがある。俺の親ってどういうことだ？　そんなに歳《とし》が離れているようには見えないんだけどな」

「気になるのか？」

「ああ。とても」

ジードが素直に頷《うなず》いた。

たとえ敵であろうとも純粋な気持ちで相手の言葉に応えている。

しかし、ロイターは違う。

「それなら拷問でもすることだな」

話が進まなかったという点で、このやり取りに意味はなかったのだろう。

だが、ロイターはジードに揺さぶりをかけることができた。

狡《ずる》いやり口だ。

しかし、ジードはそれに気づいていない。

「拷問かー……」

ジードの顔に苦悶《くもん》が浮かぶ。

それを見たロイターが愉快そうに笑った。

「ははは、わかるよ。おまえでは私を捕まえることなどできない」

「そうだね。生きて捕まえることなんて無理だ。だから教えてくれよ」

「知るか。それよりも今度はこちらが聞かせてもらう。どうしてウェイラ帝国に与《くみ》した」

「だって、おまえ達ひどいことしてるだろ？」

「必要なことだ」

「人を殺すのが？」

「犠牲は何をしようが生まれる」

ロイターがきっぱりと即答する。

自らの行いが善であると信じて疑っていない。

他の考えが悪であると言わんばかりだ。

「……そうやってあっさり人を殺そうとするの、すごく嫌いだよ。というかあっさりじゃなくても殺すのはいやだ」

「なら問答は無用だな。おまえは失敗作だっただけのことだ」

「失敗作？」

「知る必要はない――」

ロイターの大剣が抜かれる。

そう認識した時には眼前に迫っていた。

斜めに斬り込まれる。

微《かす》かにジードの服を掠《かす》るがバックステップで避けてみせる。

再び距離を離したところでジードが提案する。

「待ってくれ。ここだとあの街に近い」

ジードが神都を指す。

ロイターが振り向いてからほくそ笑む。

「で？」

「被害が出る。別の場所にしないか？」

「くく。やはりおまえは勇者だな。出来損ないだが人のことを考えられる」

「……」

褒められているようで、貶《けな》されているようで、しかし本質的にはジードについて何も語っていないようにも感じた。

「でも変える必要はない。どうせおまえはここで死ぬんだ。あそこに被害が出ることもなく」

ロイターが構える。

ジードがやるせなさそうに後頭部を掻く。

「――死ぬのはロイターだ」

仕方なく、ジードが結論を言う。

それは傲慢ではない。

ただ神都の人々に被害がいかないように配慮しての言葉だった。

「あ？　おまえも認めていただろう。私の方が強いのだと」

「うん。『今の』俺はね」

「……おまえは私を捕まえることはできないと言ったはずだ」

「『生きて』ね」

ロイターが眉間に皺《しわ》をよせる。

ジードの言葉遊びのようなものに苛立《いらだ》ちを覚えている。

「ふざけているのか？」

「本気だ。おまえの勝機はソリア達《たち》がいるタイミングだったんだ。それなら俺も……いや、未練だな。やめよう。うん。――最後に頼むよ、他のやつらを巻き込みたくない。誰もいない場所に行ってくれないか」

「くどい」

ジードの提案をロイターが吐き捨てる。

「そっか……。拾式《じゅっしき》――【影陰《えいいん》】」

ジードの背後に影が現れる。

それは卵のような形で、一人を丸ごと飲み込めるほどの大きさだった。

ロイターが嘲るように顔をゆがめる。

「それはなんの魔法だ？　害意を全く感じない。警戒に値する気配もない」

「これは封印魔法だよ」

「封印？」

「そう、十個も強い魔法を覚えられたら使う必要がなくなるんじゃないかって……そう思って拾番目の番号を振ったんだ」

今度はジードが意味深な答えをする番だった。

それはまるで先ほどのロイターとの問答を繰り返しているようにも思えた。実際にロイターはそう思っている。

しかし、ジードは違う。

わざわざそんなことはしない。

ただ本能が明言を避けたのだ。

「私を封印でもする気か？」

「ああ、いや、これは俺を封印するんだよ」

ジードが頬を掻いて情けなく笑う。

「は？」

ロイターの目が点になる。

訳のわからない物言いに戸惑いを隠せない。

「使いたくない魔法ってのはこれからやるんだ」

ジードが手を伸ばす。

それは真っすぐロイターに向けられているようで――

ロイターの背筋がゾクリと震えた。

「いくぞ。零式《ぜろしき》――【不浄神《かみ》・楽落憑依《おちおち》】」

瞬間、一帯の魔力がどす黒く変色する。

ジードから噴出されているように見えるが、実のところ自然の魔力が勝手に黒く染まっている。

圧倒的なまでの支配と絶望があった。

草木までもが生きることを諦めたように枯れる。

——瞬《まばた》きは命の奪い合いにおいて決死の覚悟で行わなければいけない。

ロイターに油断はなかった。

そもそも距離はかなりあったのだ。

たとえ詰められたとしても対処はできるはずだった。

しかし、それは慢心だった。

気づいた時にはロイターの眼前からジードがいなくなっていた。

水面に落ちた水滴が湖に溶け込む暇もないほど刹那の瞬きだったはずなのに、もういない。

「あれえ、おにいちゃん。なつかしいあじがする。あじ?」

ロイターの背後から声が聞こえた。

それはいつものジードよりやや高めの声だった。幼げな声だった。

喉を鳴らしながらロイターが振り返る。

——最強の部隊は全員が凄惨な死に方をしていた。

魔族すら滅ぼせるという自負があった。

実際にそれだけの戦力だった。
それが全滅。
瞬きをしている間に。
なによりジードがなにかを食べている。
(あれは……手?)
ガタリと、ロイターの傍《そば》で鉄が落ちる。
見ると大剣が落ちていた。
もっと見ると、右腕がなかった。
「な……なんだ……これは」
攻撃に遭った。
しかも認知することができなかった。
アステアからもらった力でも『差』すらわからない。
ありえない。
いや、ありえてはいけない。
そんな考えがロイターの思考を停滞させていた。
しかし、時間は刻一刻と過ぎていく。
「あじ? じゃない。うーん。あ、においだ。なつかしい、におい」

口元を無邪気に綻ばせる。

おぼつかない言葉で喋《しゃべ》っている。

だが、似つかわしくない鮮血で顔が真っ赤になっている。

食べているのだ、ロイターの腕を。

ロイターの知るジードとは明らかに違う変容を遂げていた。

「これはどういうことだ……」

ロイターが目を見開いて後ずさりした。

◇

禁忌《きんき》の森底《しんてい》。

そこでAランクのパーティー【果てない海】が探索をしていた。

「世間は戦争だってのに私達は素材集めとはねー」

「こんな物資不足の時だからこそ素材集めが金になるんじゃないか」

愚痴を吐く斥候に、戦士が窘《たしな》める。

後ろから魔法使いが眼鏡をかけなおして会話に交ざる。

「そもそも今回の戦争でギルドがなくなるかもしれないんだ。あまりギルドで戦争に関係する依頼を受けない方がいい」

かなり注意深い見方だった。

しかし、冒険者は自由業でもある。

実力が高くなればなるほど責任の重みも増す。

魔法使いはよくわかっていた。だからこそ戦争に直接関係する依頼を引き受けず、危険区域の素材集めを行っている。

「おまえはギルドが負けると思ってるのか?」

戦士が問いかける。

「数は圧倒的だろ? しかも、あのロイターさんが敵にいるんだ」

「けどジードさんがいるじゃんかよ」

「でもギルド最強はロイターさんだったろ」

「だが長年の功績もあってのことだろ。勢いならジードさんだ」

魔法使いと戦士の言い合いに、斥候が前方の草木を切り分けながら言う。

「そのジードさんの噂《うわさ》、知ってる? この森に昔から住んでたんだって。だとしたら相当鍛えられてるよね」

魔法使いが返答する。

「だとしてもこの森と同じく過大評価だろ。『禁忌《きんき》の森底《しんてい》』はAランクに降格したんだ」

それは現在、隣接する国々や組織、そしてギルドが下した判断だった。

危険区域のランクが上下することは珍しくない。

禁忌《きんき》の森底《しんてい》も同様であった。

屈強な魔物と一国に匹敵する広大な面積を持っているため危険な区域であることに変わりはない。

しかし、

「十年くらい前から行方不明者も死傷者も、負傷者だって減ったんでしょ？　私達みたいな猛者に限定しているとはいえ、Sランク指定ってなんだったのよって」

「昔は入るだけで人が消えるなんて話だったんだがな」

「本当よねー……――」

びくり
斥候の身体《からだ》が震える。

それはAランクパーティーで危険な警戒を任されているだけある、才能を備えた者の本能が鳴らした警鐘。

「――この方向はまずい……」

「どうした？　魔物か？」

戦士が身構えながら横目で斥候を見る。

「わからない。でもこの先には行っちゃいけない気がする」

「だが……依頼の薬草はこのあたりだろ？」

「そうだな。脅威の程度がわからないのなら進みつつ判断することはできないのか？」

通常のパーティーなら撤退する。

禁忌《きんき》の森底《しんてい》に住まう魔物もそこには近寄らない。自然に生きていく上で人よりも本能が磨かれているからだ。

今まで森に入ることを許可された猛者達《たち》も無意識に距離をとっていた。

だが、パーティー【果てない海】には慢心があった。

実際のところAランクとはいえ下位レベルである。

しかし、その場所は今は跡地であり、危険を告げる濃厚な気配も薄れている。

だからこそ、

「わかった、行ってみよっか」

——そこに人が足を踏み入れたのは十年ぶりである。

少し歩くと草木の気配すら消える。

まるでそこだけ森から隔絶されたような空間だった。

何百年何千年と育った大木が生み出したのは、陸の孤島。

不毛の大地を大木が囲んでいた。

「なんだ……ここは」

戦士がポツリと呟《つぶや》く。

「ここやばいって！　はやく逃げようよ！」

斥候が目に涙を溜《た》めながら二人に縋《すが》りつく。

最初は異様なまでの忌避感に凍り付いていた魔法使いは、しばらく間を置いて地面に手を触れる。

「おかしい。明らかな戦闘の痕跡があるのに最近のものじゃない。まるでここだけ何年間も手つかずで保存されていたみたいだ」

「じゃあ一体なんなんだよ。魔物が一匹も近寄ってないし、すげえ不気味だ。それに何年も誰からも放置されてるってんなら草の一本くらい生えてるはずだ」

だれも知る由はない。

そこはかつて、ジードと禁忌《きんき》の森底《しんてい》をSランクたらしめていた『主』との決戦の場であったことを。

「ねえ、もういいじゃん！　ここから離れた方がいいって！」

斥候のやや上ずったヒステリー気味の声に、Aランクパーティーは後退を決める。

拭いきれない違和感と恐怖に足が竦《すく》み、その日は久しぶりに依頼を失敗をしてしまうのだった。

◇

ロイターにとっては祝福だった。

物心がつく前から女神アステアの声が聞こえた。

声が聞こえる頻度はまばらであったが、常にロイターに幸運をもたらした。

村が魔物に襲撃されるから、あらかじめ村民を連れて逃げるように言われる。実際その通りになった。

強くなりたいとロイターが願うと、アステアは最良の師匠に辿《たど》り着くまでの道のりを示した。

ロイターがアステアに陶酔するのは仕方のないことだったかもしれない。

だからこそ、ロイターが初めて女神から指令を受けた時、忠実に従った。

それが同胞を殺《あや》めることであったとしても。

（本当に人が来た……）

禁忌《きんき》の森底《しんてい》。

そこで二人の戦士が幼い子供を連れて歩いていた。

男女の戦士は規格外の力を持っている。この危険区域へ気軽に家族旅行に来てもおかしくはないほどの傑物だ。

「ほら、あまりビビるな。おまえは俺達の子供なんだぞ」

「そんなに急《せ》かしたらトラウマになるわ。何日か使って慣れるのが先よ」

「む……そうか」

まだ五歳くらいの子供は父と母の背に隠れていた。

不意に腹の底を震わせるような低音が森全体を包む。

『ガァァァァ！』

オーガ。

三メートルの巨軀《きよく》を持つ怪物が三人の前に現れた。

「ひぅっ……！」

子供が小さな悲鳴を出す。

それを見た父が後頭部を搔《か》きながら「仕方ない……」と呟いた。

「――力の差もわからないか？」

男性がオーガをギロリと睨《にら》みつける。

ただ見られただけでオーガは白目を剝《む》いて背を地につけた。

地面が軽く揺れる。

体格の違いは明確だったが、それ以上の力の差が本能に植え付けられていた。

「ああ、もう。泣いちゃって……ごめんね。私がパパをぶん殴ってでもこんなところに連れて来させない方が良かったわ」

「えええー。だって子供の頃から英才教育をやらないといけないって言うじゃないか」

「もう、そんなこと言ったたって訓練もしていないじゃないの」

女性が頬を膨らませて抗議する。

「大丈夫だ。こいつは才能が――」

――空間が裂ける。

「な、なん――」

そこから現れたのは精霊だった。

広大な森がざわめきたつほどの怪物だ。

これから後『主』と呼ばれ、禁忌《きんき》の森底《しんてい》に君臨する存在だった。

それは大陸に存在しない次元の違う生物。

(アステア様、これでよろしかったでしょうか)

その精霊を呼び出した張本人は目をしっかりと開いたまま見届けている。

男性が捻《ひね》り殺され、女性が腹部を貫かれながら叫ぶ。

「逃げて――ジード!」

女性の声に幼い子供が走り出す。

本来なら怯《ひる》んで足も動かせないところだろう。

ロイターはそれを幼子の才能の片鱗《へんりん》と見た。

◇

自らの腕が食べられているところを見て、ロイターは息を吐く。

「ジード、おまえを生み出したのは私だ。どの時代にもいなかった英傑だとアステア様が褒めていた。私も誇りに思ったものだ」

「うん？」

「なのにアステア様がおまえに語りかけられないと言っていた。何かがあるのだと仰せになっていた。……それか。それがアステア様の声を妨げたものの正体か」

ロイターが目を尖《とが》らせる。

視線だけでジードを射殺そうとしているようだった。

「むずかしいよー」

ジードが困った顔を見せる。

外見には似つかわしくないあどけなさの残る表情だった。

「……力を残していたのはおまえだけではない。それだけのことだ」

「？」

ロイターが上半身の裸体を見せる。

「うおおおおおおお！！！」

ジードによって支配されていた周囲一帯の魔力が揺らぐ。ロイターから放出される大量かつ密度の高い魔力と衝突しているのだ。

ロイターの失われた右腕が再生される。

それだけではない。

ロイターの背から純白の翼が生えた。

バサリと翼をはためかせる。

ロイターが軽く浮かんだ。

太陽の後光もあって、まるで神の御使《みつか》いのようだった。

いいや、「まるで」ではない。

ロイターは正しく女神アステアが遣わせた存在だ。

「刮目《かつもく》しろ！　これこそ私が【星落とし】と呼ばれる所以《ゆえん》の――」

叫びかけた言葉が遮断される。

視界がぐらりぐらりと揺れる。

腹部の痛みは後から襲ってきた。

蹴り飛ばされたのだと知る。
(またしても視界にすら捉えられないのか)
薄れゆく意識を何とか維持させる。
(だが勝機を失ったわけではない)
ロイターは神都の上空まで飛ばされ、体勢を立て直して羽ばたく。
下には人が歩いている。
ロイターを見つけて軽い騒ぎになっていた。
『ねえ、なんか飛んでるよー!』
罪悪感はなかった。
ロイターの頭にはジードとアステアしかない。
「ジード!　こちらを見ろぉぉ!」
ロイターのバックに千を超す魔法陣が生み出される。
それは爆炎の魔法だ。
いくら巨大で頑強な神都でさえ半壊は免れないだろう。
ジードは遠くからロイターを見ていた。
(おまえは止めるはずだ!)
ロイターには確信があった。

女神アステア曰《いわ》く、ジードには才気がある。

単純な実力もさることながら、アステアが特に目を付けたのは生来の性格だった。無償の自己犠牲を厭《いと》わない。それは勇者として人を導く資質だ。

「――ねえ」

またしてもロイターの背後からの声だった。

ロイターが振り返る。

ジードの笑みと同時に、ロイターの全ての魔法陣をもってしても埋め尽くせない巨大な魔法陣が現れる。

それは神都全域に影を落とすほどの大きさだ。

「な、なにを……ここはアステア様の都市だぞ……」

「もう、あきちゃった」

ジードが欠伸《あくび》を漏らす。

魔法陣が光り出す。

最初に塵《ちり》と化したのはロイターの魔法陣だった。

それから魔力の持たない自然物や微弱な生物。

ロイターは視界の端に何もかも全てが滅びゆく光景を捉えていた。

（逃げ――いや、間に合わない）

ロイターは自分の身体《からだ》が朽ちていくのがわかった。

（ああ、アステア様……あの環境が生み落としたのは強き勇者ではありませんでした）

ロイターの目にあるのは退屈そうに巨大都市を滅ぼす子供だった。

それは魔王のようにすら見える。

（あの環境は、あなたすら欺く二重人格の怪物を生み出して……——）

ロイターの最期の心境は、アステアに対する疑念だった。

これで良かったのだろうか。

「ふぁぁあ……」

ジードが再び欠伸をする。

滅びた大地で次なる玩具を探そうとする。

そんなジードに黒い影が歩み寄る。

「もー、もっとあそびたい」

そんなジードの願望を影から伸びる黒い手は許さなかった。

拾式《じゅっしき》——【影陰《えいいん》】

それはジードが、もうひとりのジードを眠らせるための最終防衛機構とも言える魔法だった。

「まったく、ひどいなあ」

そんな幼き声の残響と不毛の大地、そして不自然な影だけがその場所に残った。

第五話　それは後日譚のようで

ウェイラ帝国での戦争勃発から一か月が経過していた。

その間に戦争の後始末が行われた。

あまりにも大規模な戦争だったが、結果的に『アステアの徒』の主要メンバーの殺害や脱退であっさりと終結した。

とはいえ、国家間の関係悪化や民衆の不満が湧き上がり、未《いま》だ至る所に戦争の火種はある。

特に今回の戦争の勝者の側にいる幼女——に見えるギルドマスターのリフは戦後処理に必要な書類作成に忙殺されていた。

「ギルドマスター、来客です」

「誰じゃ、こんな忙しい時に」

下の階と繋《つな》がっている連絡用のマジックアイテム。

そこには受付の女性が映っていた。

受付嬢は困ったような顔をしている。

「それが……レイニース、と」

リフの腕が止まる。

レイニース
知らない者は少ないだろう。

初代勇者として語られる、伝説の存在だ。

「イタズラではないのか？」

「私もそう思い確認したのですが古代の宝石を渡されまして……純一級の本物でした」

宝石の価値を示す指標はいくつもある。国や組織によってまちまちだが、純一級はどこにいっても通じる。

それは大陸でも指で数えるほどしか存在しない最高品質のものだ。

「ふむ……」

リフが顎に手をあてる。

悪戯《いたずら》にしては手が込みすぎている。

暗殺を疑うが、正面から来るものだろうか。

よしんば来たとしてもレイニースを名乗る理由はなにか。

リフ自身の腕は相当なものだ。

さらにギルドマスター室は防護結界なども張り巡らせてある。

「……レイニースは一人だけかの？」

「そのようです」

受付嬢の答えにリフが頷《うなず》く。

それならば何があっても対処可能だと判断した。

「わかった、通せ」

「か、かしこまりました」

受付嬢は通すとは思っていなかったのか、少しだけ驚いたようなリアクションを見せてから頷いた。

しばらくして部屋の扉が叩《たた》かれる。

リフが入室の許可を出すと一人の老人が入ってきた。

「レイニースか？」

「うむ。貴殿が『アステアの徒』を倒したリフで間違いないかな？」

「お主は二代目勇者のレイニースで良いな？」

「ほっほ。互いに確認が取れたところで急ごうか」

レイニースが椅子に座る。

「急ぐとは……む」

リフが目を凝らす。

まとう魔力に、何よりわかりやすかったのはレイニースの肌がボロボロと剝《む》けてきていることだ。

「わかるか？　もう随分と生きた。長くはないのだよ」

「それで、何を話すつもりじゃ？」

リフの声音には苛立《いらだ》ちがあった。

レイニースは勇者だ。

そして仲間は魔王討伐の道中で死んだとされる。

つまり、レイニースは――

「勇者パーティーには必ず処理係が存在する。強くなり過ぎた者を管理し、最後には処理するのだ。お察しの通り、儂《わし》が最初の『裏切り者』だ」

リフは百も承知だった。

彼女は被害者であり、生き永らえた復讐者《ふくしゅうしゃ》なのだから。

「なぜ今になって話すつもりになったのじゃ？」

「さて。死の恐怖か、あるいは天国にでも行きたくなったのかもしれない」

「冗談を言う時間はあるようじゃの」

「……そうでもないかもしれんのぅ」

レイニースの片腕が落ちる。

それは原型からかけ離れた塵となる。

互いに動揺はなかった。

リフもレイニースの使っている魔法を知っているようだった。

その行く末も。

「ジードに会ったのじゃよ。あの子はアステアの最高傑作じゃ」

「アステア？　最高傑作？」

レイニースの言葉にリフが首を傾《かし》げる。

その様子を汲《く》み取れていないのか、レイニースが続けた。

「うむ。しかし、おそらく、だからこそアステアに敵《かな》う唯一の存在でもある」

「わからん。もっとわかりやすく説明しろ」

リフが頭を振る。

レイニースも顎を撫《な》でて気持ちを落ち着かせることで、急ぎ過ぎてしまったと自省する。

「ふむ。まず重要なことから述べよう。女神アステアは実在する」

「与太話……ではないのじゃろうな」

「勇者パーティーの『裏切り者』は幼少の頃から声を聞く。美しい女性の声で、彼女はアステアと名乗る。様々な助言をくれるのだ。強くなる方法や、優秀な師匠と出会うタイミングや場所、それに迫りくる危機も」

「まさか、その声に従ってパーティーの面々を殺したと言うつもりではないじゃろうな」

「そのまさかじゃよ」

リフが小さな拳を机に叩きつける。

魔力で強化されていない身体は脆弱《ぜいじゃく》そのものだが、それでも反動で紙が宙を舞うほどには強い力が込められていた。

「その話を信じたとして、お主はどうしてここに来た。ジードがアステアに敵うと言っていたな。まさか女神を殺すつもりか？」

「儂も良心がないわけじゃない。一緒に旅をした仲間を手に掛けるのは……」

「わらわはシスターではない。懺悔《ざんげ》を聞くつもりはないのじゃ」

リフが冷たく突き放す。

「そうだの。すまん。……しかし、仲間の屍《しかばね》を超えた先、長い月日を費やしてアステアに辿《たど》り着いたのだ。許しは乞わん。乞う者はもういない。この手によって殺《あや》めた。だから、せめて仇《かたき》を討ちたい。仇の一人である儂は直に朽ちる。しかしもう一人の仇たるアステアに儂の刃は届かなかった。ゆえに貴殿らに伝えておきたい」

レイニースの片足が地面に転がり、塵《ちり》となる。

「女神アステアは『精霊界』に存在する」

「精霊なのか？」

「いいや、どうだろうな。わかったのはアステアが実在することと、精霊界にいることとくらいだからのぅ」

「しかし、精霊界に行く術《すべ》など……こちらからはあちらの生物を召喚することしかできんはずじゃ」

「生の半分を後悔に費やした。四分の一を逃避に費やした。その残りで……これしか知ることができなかった。核心に迫りアステアから殺されることを恐れてしまったのかもしれん」

レイニースのもう片方の足が塵となる。

支えをなくして椅子の上で傾く。

半身も塵となりつつある。

「──『アステアの徒』は機械にすぎない。アステアの……」

弱々しい声はリフに届かない。

だが、最後に残した声だけは聞こえた。

「……最後に……もう一度……反旗の狼煙《のろし》に……ジードに会ってみたかった……」

それだけ言い残して、レイニースは完全に塵となった。

リフは沈痛な面持ちで砂粒よりも細かな、魂の抜け殻を見る。

「……それを伝えられてどうしろと言うのじゃ」

それ、とは。

裏切り者にも心があったことを指しているのか。

それとも、女神アステアのことを指しているのか。

どちらにせよ前者は過去の存在にすぎず、進むべき未来への鍵は後者であることだけは確かだった。

◇

神都アステアが突然消失したことは大陸中を衝撃に包み込んだ。

天災であるという説や女神アステアの神罰だという噂《うわさ》がまことしやかに流れていたが、真偽は定かではない。

国家や戦争に関する第三者機関による調査結果も「原因不明」で不安と恐怖が大陸中に蔓延《まんえん》していた。

そんな場所に五人の影があった。

「今日、ルイナは来ないの？」

「……」

「戦争の後始末に忙しいのだろう。リフ殿だって来ていない。それに何より、さすがにこの場所には来れないだろう。私でさえ吐き気がする。ソリア様、無理をせずに。あなたがこの場所にいることを望まないならば、すぐにでも去りましょう」

「い、いいえ、私は大丈夫です。それよりジードさんを見つけなくては。一か月も行方知れずなんて……」

「ジードなら絶対に無事だよ！」

クエナ、ユイ、フィル、ソリア、シーラ。

それぞれが同じひとつの目的で神都アステア跡に来ていた。跡とはいっても何もない。建物も生物も一切がなかった。

漂うのは死の気配だけであり、先に調査を行った組織や部隊の人員のほとんどが嘔吐《おうと》や失禁をしてしまい、立ち入りを拒んでいるほどだった。

「私もジードさんを信じています。ロイターも消息を絶っていますから、負けてはいないはずです。でも、どうして行方を……あ」

「……」

五人で並んで歩いていたところをユイが一歩二歩と前に出た。

思いが溢《あふ》れ、足が速くなり走り出す。

一同が顔を見合わせてユイに付いていく。

そうしてユイはある場所で足を止めた。不自然な影がある場所だ。

「これは……？」

ソリアも気づく。

その影は不自然だ。

一ミリも動いていないため雲が落としているものではない。

一帯は不毛の大地で他に影を生み出すものはない。

とはいえ、注意して見なければ気がつかないほど存在感が希薄だった。


「ジード」

シーラとユイの声がかぶる。

少し引いたようにクエナとフィルが見た。

「あんた達《たち》は何を感じているの……」

「おまえ達には何が見えているんだ……」

ユイが影に触れる。

何の反応も見せないが、ユイの影が揺れ動いた。

シーラが両手を顔の前に掲げて握る。

「頼むよ、ユイ！」

「ん」

湖に入るかのように不自然な影が抵抗なくユイを取り込んだ。

◇

暗い空間だった。

何もない場所だった。

音すらない。

半日いただけで精神が追い込まれるだろう。

(……)

浮遊感。

上下左右の感覚がない。

ユイがツーと動く。まるで何かに吸い寄せられているようにも見えるが、確固たる意志の宿った目で前を見ているために自ら動いているとわかる。

しばらく先にジードがいた。

目を閉じ、眠っているようだ。

ユイがジードの頬に触れる。

「起きて」

ジードがビクリと震える。

それはジードからすれば予想外の出来事。

何もないはずの空間で温かい手が触れて優しい声が聞こえた。

「……ユイ？　どうしてここに」

「捜したんだよ。ジードはどうしてここにいるの？」

「もう一人の俺を抑えるためだ。あとちょっとで外に戻れるかな。自動的なものだから夕イミングがわからなくて」

「そっか。みんな待ってるよ」

ジードが訝《いぶか》し気に顔をしかめる。

「さすがに俺の頭もおかしくなったのかな。ユイ、おまえ幻覚じゃないよな？」

「幻覚じゃないよ」

「……饒舌《じょうぜつ》すぎないか？」

ジードが違和感を抱いていた正体はこれだった。

あまりにも普段のユイとは違う。口調にしても、性格にしても、どことなく開放的な印象を抱いた。

「この空間は私とジードだけしかいないって安心感があるからかな。多分」

ああ、それから。

と、ユイが続ける。

「シーラが私達の関係を認めてくれたよ」

「付き合っても……結婚してもいいって」

「関係って？」

「え!? ど、どうしてそこまで……！」

ジードが思いがけないことに動揺する。

ユイの頬が緩む。それは無表情に近い程度だったが、普段のユイと比べれば明らかに動いていた。

「でもね、ジードから聞きたい。ジードは私のこと嫌い？」

「嫌いではない……」

「好きでもない？」

「そういうことじゃ……」

ユイは可愛《かわい》い。身体《からだ》付きも魅力的だ。

しかし、ジードがクエナやシーラを好きなのは同じ時間をたくさん分かち合ったからだと感じていた。性格が合って、これからも一緒にいたいと思ったからで――

「――ジード。私も一緒にいさせてよ」

ユイの腕が首に絡みつく。顔を交差させて、抱きついてきた。

軍服の上からでも伝わってくる豊満な胸が、ジードの気持ちを煽《あお》ってくる。

「こんなに幸せでいいのかな」

「みんなが幸せならそれでいいと思う」
ユイが優しく囁《ささや》きかけた。
ジードの手がユイの背に回り、抱きしめる。
とても温かい。
ユイの手が緩み、顔が少しだけ離れる。
視線が合う。
きっと同じことを考えたのだろう。
唇が近づく。
そっと触れ合うと——
（あっ）
視界が明るくなる。
周囲には四人いた。
「な、なななな、なにをしているんだ、おまえは！」
最初にフィルの怒声が響く。
慌ててジードがユイから顔を離す。
「ん……」
ユイが物欲しそうに近づくがフィルにより後ろから羽交い締めにされる。

「おまえもだ！」

「んー」

ユイが物心のついていない赤ん坊のように、ただ求めるままにジードに手を伸ばす。庇《ひ》護《ご》欲が煽られたジードの理性が崩れかける。

「あ、あああの、日中から堂々とこういうことをするのは……よ、よくないかと……！」

ソリアが真っ赤に染まった顔を両手で覆う。

だが、その隣でシーラが声をかける。

「そんなこと言ってるからユイに先を越されちゃうんだよ！　私の手本を見ててごらんなさい！」

「こら、やめなさい」

クエナがシーラを羽交い締めにする。

懐かしく賑《にぎ》やかな時間。ジードの頬が緩む。

「ははっ」

ジードが笑い声を出す。

「久しぶりだな、みんな。俺を捜しに来てくれたのか？」

「当たり前でしょ。どれだけ行方不明してるのよ」

「一週間とか？」

「一か月よ、一か月！」

「マジか……依頼とか溜《た》まってそうだな」

「そっちの心配なの!?」

　クエナが呆《あき》れ声《ごえ》で言う。

「まあまあ、いいじゃないの！　ジードも見つかったし、帰ろうよ！」

　シーラが言い、それを拒む者はいない。

　だが、ジードだけは違った。

　周囲を見渡してから顔に影を落とす。

「少しだけ一人でいたい。転移で帰れるしさ。先に帰っていてくれないか？」

「お、おまえが気に病む必要は……！」

　フィルが言いかけて、ソリアが制止した。

　それから全てを察した風のクエナが頷《うなず》く。

「わかった。待ってるからね」

「ああ」

　全員が立ち去る。

　それからジードは周囲を眺めて呟《つぶや》いた。

「ここ……あの大きかった街……だったんだよな」

ジードの記憶には鮮明に残っていた。

目の前に広がる疑いようのない鮮烈な現実の光景と共に。

◇

世界は大きく変わった。

それが良い結果をもたらすのかは誰にも分らない。

しかし、多くの犠牲者を出した事実は変わらない。

(知っていた……)

スフィはソリアと共にロイターから逃げ延びた。しかし、戦場の混乱で離れ離れとなってしまっていた。

スフィは歩き回っていた。

ロイターから逃げるため。

あるいは他のものから逃げるため。

(私の責任は大きいと……)

それは幼い子供の肩には重たすぎる。

実務をこなすソリアに比べれば果たしてきたのは単なる偶像としての役割ばかりだった

が、聖女に任じられた時から権限は大きなものになった。

その大きさは、あのロイターがスフィの許可を求めるほどのものばかり。

スフィはわかっていた。

責任の大きさと、どれほどの人間に信頼されていたのか。

神聖共和国は神都を失って一時的に機能を喪失。

ウェイラ帝国と周辺国家は大きな犠牲を払い、後には遺恨だけが残った。

スフィの通りかかった街には涙を流す者が大勢おり、重たい空気に包まれていた。

「結局ウェイラ帝国が勝ったのか」

「ニュースは一転してウェイラ帝国を賞賛してるよ。訳わかんねえ」

新聞を片手に男達が路地で談笑している。

スフィはローブのフードを目深く被《かぶ》って正体がわからないように隅で休んでいた。

嫌でも男達の声が聞こえてくる。

「でもよ、勇者のジードとかソリア様はウェイラ帝国側だったんだろ？」

「寝返ったんじゃねーの。そもそもジードは勇者を断った何を考えてるのかわかんねえやつだし」

男は新聞に唾を吐きかけるような勢いだ。

だが、もう一人は首を傾《かし》げている。

「そうは言ってもなあ。人助けしたとかって話は聞くからよ。俺は最初からジードはなんか良いやつだと思ってたんだよ」

「はぁ？　この前はジードの正体が魔族とか言ってただろ！」

たわいない世間話だ。

しかし、ここは神聖共和国。

アステアを信仰する者も多く、勇者を断ったことでジードに敵意を向けていた者は少なくない。

それでも街中でこうも堂々とジードを話題に出して褒めそやすのは、今回の戦争の英雄として持ち上げられているからだろう。

(ジードさんが魔族だなんておかしな話……あの人は……)

スフィは少しだけ笑みを浮かべた。

疲労が溜まり、空腹感もある。

だが、ジードの名前を聞けて少しだけ安堵《あんど》したのだった。

「――それに聖女だっていうスフィは今回の戦争から逃げ出したんだろ？　自分は指示を出して兵隊を戦場に向かわせたってのによ」

スフィが気まずくなり、立ち上がって足早に去る。

しばらく歩き、スフィは神都があった場所に向かっていた。

足取りは重い。

近づく度に汚臭を嗅がされているような吐き気もする。

それでも歩みを止めない。

（……死ぬ覚悟はできてる）

スフィは歩きながら後悔の念に苛《さいな》まれる。

どうにかして償いたいという想《おも》いが足を動かしていた。

そんなスフィが神都の跡地で出会ったのはジードだった。

彼は三角座りで果てない地平線を見ていた。

「ジード様……」

思わずスフィが名前を呼ぶ。

複雑な気持ちだった。

会いたくなかったような、あるいは逆のような。それとも彼なら自分を正しく罰してくれるだろうか。

そんな思いを知ってか知らずか、振り返るジードの顔は一瞬だけ物憂げだった。だが、それも一瞬のことでスフィを見ると明るい顔になる。

「よっ。よく来れたな？」

「す、すみません。私はすぐにでも死ぬべきなのに……」

「え？」

「え？」

互いに目を見合わせて、ジードが噴き出す。

「違うよ。ここ怖いだろ。ほら、おいで」

ジードが両足を開いて空間を作る。

いつもなら恥ずかしい気持ちが先行して断るところだったが、スフィにそれだけの気力はない。

ジードは悪意ある行動は取らないだろうと信じていた。もしくは悪意のある行動を取られても責める資格はないのだと諦めていたのかもしれない。

スフィは言われるがままに、ジードの両足に挟まる形で座り込んだ。

「わ、わたし……お風呂とかあまり入ってなくて……その」

「良い匂いだよ。それに温かい」

「ひゃっ」

ジードがスフィの髪に顔を埋《うず》める。

不意にスフィは気がつく。

吐き気も心臓の気だるさもない。

ジードに包まれているから、場を占める嫌な雰囲気から守られている。

だからジードはスフィにこの場所を指定したのだ。

「ここにあるのは俺の魔力の残滓《ざんし》なんだ。多分クエナやリフ達《たち》は気がついている。俺がここにあった都市を滅ぼしてしまったんだ」

「そ、それはロイターを倒すためなんですよね？」

「どうだろうな……」

ジードの釈然としない答えに、スフィは深く突っ込めなかった。

それを聞く権利はないとわかっていた。

聞く必要もないとわかっていた。

「もしもジード様が都市を……人の命を簡単に奪える人なら、そんな悲しそうな声をしません」

「……」

返事はなかった。

だが、スフィを抱く手に力がこもった。

二人の間に静寂が流れる。

風すらこの場所には訪れない。

次に口を開いたのはジードだった。

「これからどうなるんだろうな。俺は罰せられるのかな」

「それはありません。ジード様はこの戦争の功労者なのですから、リフ様やソリア様が守ってくれます。この都市が消滅したこともロイターさんの責任になります。それは事実ですから」

「そっか」

ジードがあっさりと頷《うなず》く。

スフィはまた気がつく。

そんなことはジードの求めていた答えではない。

「ジード様は償いたいのですね？　誰かに罰せられたいんですね？」

「そうなのかもな。記憶は辛うじてあって、どうしても拭いきれない。胸が痛いんだ」

「私も同じです。だから掛ける言葉が見つかりません」

スフィの顔に影が落ちる。

「スフィもこんな気持ちなのか。……こんなに若いのに」

「年齢なんて関係ありません……」

スフィが頭を振る。

わかっているのだ。

言い訳ができる立場ではない。

命を預かっていた者として責任があった。

だが、ジードはそれを否定する。

「いいや。俺も小さい頃は選択の連続だった。一歩間違えれば死んでいた。でも、おまえは違うんだよな。自分の命だけじゃない。他のやつの命まで背負ってるんだ」

ジードはうまく言葉にできていなかった。

しかし、仕組みは理解しかけている。

スフィのような幼き子を偶像に持ち上げたのはなぜか。

それは周囲が無責任でありたいからだ。

何も考えずに力なき者に責任を押し付けたいからだ。

もっとみんなで分かち合った方がいいとわかっていて、それを拒んでいる。

しかし、スフィはそんなあり方を認める。

「私が選んだことですから」

選ばなければ良かった。

そうしなければ、きっと。

その言い方は諦念があった。

「なんで選んだんだ？」

「それは……」

ふと、スフィが悩む。

どうして？

最初の動機は両親の仇《かたき》を取るためだ。

そのためにアステア教の悪を暴こうとした。

それが、あれよあれよと言う間に貴族すら凌駕《りょうが》するような立場になった。権力を持った。

名声を轟《とどろ》かせた。

「俺さ、気づいちゃったんだ。だれか一人に責任を取らせるような社会は間違ってる」

「……でも、そうすることで回りやすくなってるんです。誰かが明確な立場を取らなければ、責任の所在があやふやになります」

「わかってるよ。俺の言葉は綺麗事《きれいごと》だ。でもミスは誰だってする。だからきっと怖いんだ。俺の力は……きっと強すぎる。もしも俺の周りがルイナのように全てを肯定してくれる人だったら……もしも俺が俺を肯定する人以外を望まなければ……」

スフィは背で感じていた。

ジードの悲しげな眼差《まなざ》しが向けられている先は神都のあった場所なのだと。

またこの悲劇を繰り返してしまうのではないか、という恐怖を抱いているのだと。

「──私が支えます」

「スフィ……？」

「正しかったら褒めます。間違っていたら怒ります。私がずっと支えます」

言葉には強い芯があった。

ジードが安堵《あんど》を覚えて、力なく笑う。

「情けないな、俺」

「いえ、ジードさんも私を支えてくれているんです。私はこれから罪を償わなければいけません。民を戦争に巻き込んだ責任を負わなければいけない。その恐怖と向き合うためにジードさんに寄り掛かっているんです」

そう言うスフィは清々《すがすが》しい声音だった。

初心を思い出して、自分の気持ちの区切りがついていた。

新しい目標ができて心の支えが生まれたことも大きい。

だが、その言葉が意味することは。

「……死ぬ気か？」

「どうでしょう。ジードさんを支えるなんて大層なことを言ってしまいましたが、私は負けた側の指導者のような立場でした。死刑は避けられないかもしれません」

「俺がリフ達に言って……」

「やめてください。そういう意味で頼ったわけじゃありません」

「……——さっそく怒られちゃったな」

示し合わせたように二人が笑う。

だが、ジードとスフィの心の傷は少し癒えていた。

一日のうちのほんの一瞬。

たったそれだけでも、二人にとっては十分すぎる時間だった。

◇

「転移」

その魔法は熟練の魔法使いでも、さらに上り詰めた者しか辿《たど》り着けない極致にある。

ジードは習得者であり、今はクゼーラ王国のギルドを転移先に決めていた。

「なんじゃ、来たのか」

ギルドマスター室にはリフがいた。

ジードの来訪に特に驚くこともなく、視線を向けることすらない。ただ机の上に山となっている資料に目を通しながら判子を押したりサインをしたりしている。

「珍しく忙しそうじゃないか」

「普段はわらわが仕事をしていないみたいな言い草じゃの」

肯定も否定もせず、ジードが次の話題に切り替える。

「もっと忙しくなるけど、いいか？」

「ん？」

リフが顔を上げる。

ジードがいる。

その隣にはスフィがいた。

「随分と捜したのじゃぞ、スフィ」

「す、すみません」

「よい。生きていて何よりじゃよ。お主もギルドの一員なのじゃからな」

人懐っこい落ち着いた調子の声が掛けられる。

「ありがとうございます。……でも、私の罪は重々承知しているつもりです。私はこれからどうなりますか？」

スフィが諦念を帯びた声で本題に入る。

咄嗟《とっさ》にジードが身構えた。

スフィには拒否されたが、ジードの中で助けたい気持ちは変わっていない。

そんな二人の覚悟は一蹴される。

「そなたの罪は不問にする予定じゃ。ルイナもそのことを認めておる」

リフが優しい声で言う。

スフィが信じられない答えに目を見開く。

「いいのですか？」

「この決定の要因はいくつかある」

リフの眼差しは静かなものだった。

「ひとつは『アステアの徒』について。お主は知っておるじゃろう」

「はい。存在を知ったのはロイターの裏切り直後になりますが」

「うむ。とにかく、その組織は強大なものだ。今回の連合軍の上層部にも多い。国王から成り上がった豪商まで様々じゃの。だが、今回の戦争でおおよそのメンバーを捕らえた」

「たった一度の戦争で、ですか？」

ウェイラ帝国内でしか戦争は起こっていない。

道理に反する行いをしたとはいえ、他国の王を捕らえることなどできるはずがない。

そんなことはスフィもわかっていて、疑問を投げかけずにはいられなかった。

「この戦争の前に下準備をしていた。ギルドだけがわらわの動かせる戦力ではない。引き抜いた元ギルドメンバーが世界各国にいるのじゃよ」

スフィやジードは目にも耳にもしていないが、この一か月で多くのクーデターや暗殺が起こっている。

ウェイラ帝国とギルド。

巨大国家と巨大組織が協力した結果ではあるが、それでも桁外れの成果だ。

「そんなこと……ありえるのですか」

「わらわも想定外じゃよ。長期戦になると踏んだから戦上手のウェイラ帝国を味方に引き入れようと考えた。しかし」

リフが冗談を言うように両手を肩の横に掲げて頭を振る。

「やつらと敵対した者達《たち》の怒りは本物だったというだけのことじゃよ。わらわや女帝だけではない。『アステアの徒』は幾つもの非合法な手段で世界を裏から牛耳っていた。それに反発した有力者も多く、何もせずとも勝手に滅んでいったわ」

たった一度の敗戦で多くの悪事が表に出てきた。

ロイターのやっていたことだけではない、それこそ大昔から行われてきた数々の悪事だ。

「じゃあ、『アステアの徒』はこれで終わりか？」

「うむ。少なくとも、わらわが打った作戦はほとんどが成功したと言っていい。残るは後処理だけじゃの。それゆえに、スフィよ」

「は、はい」

「お主は殺さん。ただし罰は受けてもらう。これからは真・アステア教の名の下で世界に安寧をもたらすために活動をしてもらう」

「安寧ですか？」

「今回の戦争で世界は乱れておる。ソリア達にも動いてもらってはおるが、やはり号令を掛けられる上の存在が必要じゃよ。スフィには色々と手伝ってもらいたいのじゃ」

だからスフィに白羽の矢が立ったのだ。

そもそも真・アステア教はスフィが立てた組織だ。

子供でありながらも発言力は極めて大きい。

さらにリフやルイナの手助けがあれば大陸全土にスフィの声が届くことになるだろう。

だが、スフィは即座に返事をすることはできなかった。

「私は今回の戦争でロイターに権限を与えてしまった。それが原因で多くの人々が傷つきました。私を慕ってくれていた方達にも少なくない犠牲が出ました」

「うむ。しかし、進まねばなるまい」

「そうですね。罪を許してもらったことはありがとうございます。罰を与えてくださったのも、私に気負わせすぎないための配慮だと考えます。その優しさは身に沁《し》みますが、私はギルドやウェイラ帝国のために都合よく動こうとは思いません」

「ほう？」

「真・アステア教に戻り、人々を正しく導くことはします。しかし、私はもう操られる駒にはなりたくありません」

スフィが危惧しているのは傀儡《かいらい》になることだった。

ロイターの再来を望んでいなかった。

今回の勝者であるリフからスフィが直々に指名されるということは、都合よく動くことを条件に助命されたことに他ならない——と、スフィは考えたようだった。

「くく、お主は考えすぎじゃよ。わらわはお主にどうしろとは言わん。ただ大陸の不安を払拭して欲しいだけのこと。特に何をやれだの指示はせん。スフィの好きにやるがよい」

「好きなように……？」

「ああ。ただし、ルイナには気を付けるのじゃぞ。弱みに付け込んでくるやもしれん。まぁ、今のスフィならば問題ないじゃろうがな」

「えっと……つまり、その……私は……？」

「言ったじゃろうが。罪は不問にすると」

まさか言葉通りに捉えるとは思ってもおらず、スフィの腰が抜ける。

知らないうちに力が入っていて、一気に抜けたのだろう。

ジードが慌ててスフィを支える。

「……いいのですか？」

「当たり前じゃよ」

スフィの問いにリフが頷《うなず》く。

緊張が消えて、スフィの目に涙が溜《た》まる。

だが、弱音を吐くことも、死に対する恐怖が取り除かれたことによる安堵の声を出すこともない。

新たなる覚悟を胸いっぱいに、スフィがリフを見た。

「わかりました。これからも世のため人のため……頂いた命を使わせていただきます」

「スフィ、あまり無理はするなよ？」

ジードが気遣うと、スフィが嬉《うれ》しそうにジードの方を見た。

「はい！」

スフィの話が終わると、扉が叩《たた》かれる。

リフが入室許可を出すと青い髪の少女が入ってきた。

ネリムだ。

「おお、来たか。新たなSランク冒険者よ」

リフが囃《はや》し立てるように言う。

おどけたのはこれまでのじめじめした雰囲気を打ち消すためでもある。

「ギルドカードできたんでしょ。さっさとちょうだい」

「冷たいの～、これから仲間になるんじゃぞ」

リフがカードを取り出して机に置く。それをネリムが受け取った。

横からジードが会話に割って入る。

「待て待て、ネリムがSランクの冒険者になるのか？」

「なにか問題でもあるの？　せ・ん・ぱ・い」

ネリムが怖い目つきでジードを見る。

「いやいや、今年のSランクはフィルに決まっていた気がしてさ。たしか定員とかあったろ？」

「時期が時期じゃからの。国が滅んだ騎士だったり、商人に雇われていた用心棒だったりがあぶれているのじゃよ。よって一年に一度の試験以外でも推薦でSランクを含めた戦力を集めることにした」

「またクエナがうるさいんじゃないのか？」

ジードが最初に絡まれた時のことを思い出しながら言う。

今でもクエナはSランクになりたいと願っており、Aランクになるまでコツコツと積み重ねてきたのだ。

いきなり飛び越えられてはたまったものではない。

「安心せい。Sランクの試験は行う。色々と考えておるが、今年はSランクが安売りされるぞ」

かっかっか、とリフが笑う。

安売りなどと自嘲しているが、リフとしてもタダでSランクに入れるつもりはない。

むしろ例年以上に厳しい試験を用意する予定だ。

そんなこととジード達も何となく想像がつくくらいの付き合いではあるので深く突っ込むことはなかった。

「それはそうと、じゃ。ジードには話があるからスフィとネリムは先に出ておれ」

「私はクエナの家に戻るわよ」

ギルドカードを受け取りに来ただけのネリムは手をひらひらとさせながら踵《きびす》を返す。

そんな彼女にジードが声をかける。スフィの背中に手を当てながら。

「スフィのことも頼めるか？　ソリアに連絡して神聖共和国に連れて行ってもらいたいんだ」

「……ソリアならもうクエナの家にいるわよ」

そういうネリムは気の重くなることを思い出したかのように、どことなく沈んだ雰囲気を見せる。

「それならちょうどいいな。頼んだぞ」

ジードが言い、ネリムが了承する。

それからスフィを連れてクエナの家に戻って行く。

◇

ネリムとスフィが出ていった。

俺とリフだけが部屋にいる。

「さて、ジード。ロイターを倒したのはお主か？」

「まぁそうなるな」

「なるほどのぅ」

含みのある言い方をしたが、リフはあっさりと頷いた。

すでに何かしらを察しているのかもしれない。

神都を滅ぼした件といい、ある程度の推測を立てていてもおかしくはないだろう。

「お主も大変なことになるぞ。まずは指名依頼がとんでもない数くるじゃろうて」

「またイタズラか？」

嫌なことを思い出してジードの表情が苦々しくなる。

だが、スフィはそんな記憶を吹き飛ばすくらい快活に笑って否定した。

「かっかっか、それはない。お主は英雄になったのじゃからな」

「英雄？」

「うむ。今回の戦争で一番の功労者じゃよ。ロイターを倒したことで名実ともにギルド最強の栄光も手にした。お主に依頼を出したということに価値を見出《みいだ》す貴族や王族も少なくないじゃろう」

おそらく俺と繋《つな》がりを持つという人脈的な意味合いもあるのだろう。

俺にそんな価値があるとは思えないが……それはきっと自分を客観的に見る力に欠けているからだろう。

すると何となく依頼に不純な動機が交じっているように感じて気が引けてしまう。仮に俺が出会っただけで幸運をもたらすようなやつなら依頼を不純とは感じないが、所詮は人間なのだからあまり変な価値を見出さないでもらいたい……

俺としては本当に困っている人に依頼してきて欲しいのだが……

「まーた余計なことを考えておるな？」

「え、いや、そんなことは……」

「よいよい。知っておるじゃろうが依頼は断れるからの。嫌なら拒否すればいい」

気楽な物言いだった。

ギルドとしても利益を優先したいだろうに。

俺が依頼を断ることで依頼者がギルドを使わなくなる可能性だってあるはずだ。

きっと、俺達冒険者を大事にしてくれているのだろう。

そんな気持ちにはやはり応えたくなる。

「いや、大丈夫だ。なんであれ、せっかく依頼してくれたんだから、断るのはそれで気が引ける」

「くく、そうか。まぁこの手の依頼は実入りがよいものばかりじゃからの」

リフが企《たくら》むような笑みを浮かべている。

なんだか腹黒そうに見える。

「でも、これが本題じゃないんだろ？」

「わかっておったか」

わざわざ二人を出してから言うことなんて限られているだろう。

よほど大事な要件なのだ。

リフがおもむろに口を開く。

「――アステアは実在する」

「アステア……？」

「うむ。女神アステアじゃよ。知っておろうが」

「それっておとぎ話とか神話の話だろ？」

リフが首を左右に振る。

「先日、とある老人が死んだ。名をレイニースという」

なんだか聞いたことのある名前だ。

ああ、そうだ。

「初代勇者だっけ？」

「正確には二代目じゃな」

歴史ではレイニースは初代勇者と呼ばれている。だが、実際は違うのだ。

本物の初代勇者は強すぎる力を使い暴虐の限りを尽くしたのだという。そんな強すぎる個体を諌《いさ》めるための組織が『アステアの徒』だったのだ。

ゆえに初代勇者は歴史の闇に葬られた。

そして、レイニースが初代勇者として語り継がれるようになった。

本当はリフの言うように二代目なのだが。

「……えーと。その人が『先日』死んだ？」

「わらわと似たような長寿を実現する魔法を使っておったのじゃよ。とはいえ、ここまで長く生存できるのは本人の素質の賜物《たまもの》と言わざるを得ないじゃろう。わらわでさえ難しいじゃろうな」

ありえない、とは言わない。

実際に俺の前にいる幼女は、見た目とは不釣り合いな人格と知恵を持っている。

「リフはレイニースの知り合いだったのか？」

「いいや、『アステアの徒』との戦いを終え、レイニースが会いに来たのじゃよ。やつはお主とも会いたがっておったよ」

「俺と？」

いきなり俺の名前が出て驚く。

もう死んでしまったとのことだったが、死に目に会ってやりたかったという気持ちを抱いたのは俺も人間だからだろう。

「話では以前救ってもらったと言っておったが記憶はあるか？」

「いや……ないけど」

「その無自覚さが人を惹《ひ》きつけるのやもしれんの。お主がいなければレイニースは『真実』を教えてはくれなかったじゃろう」

「真実？」

「ジードよ。お主は数奇な運命にある。きっと、これを聞けば……」

リフが言い淀《よど》む。

そこにどんな気持ちがあるのだろう。俺に汲《く》み取ることなんてできない。

だが、ここで話を途切れさせるわけにはいかないだろう。

「大丈夫だ。教えてくれ」

俺の迷いのない言葉を聞いて、リフが淡々と語る。

「――」

たしかに、それはリフですら戸惑うほどのものだった。

これは……結構きついな。

「どうするかは、お主が決めるのじゃ。わらわは何があってもジードに手を貸そう」

それに対する返答を今は探し当てることができなかった。

リフには返事を保留にしてもらい、俺は帰路に就いた。

◇

クエナの家への帰路。

様々な悩みが頭を過《よぎ》る。

俺は――

「おおっ、ジードだ！」

子供の快活な声が聞こえてくる。

無意識に軽く手を振ってリアクションをしてみた。

すると、子供は俺の反応が嬉《うれ》しかったのか飛び跳ねている。

無邪気な姿を見ると癒される。

ふと、道行く人々の視線や、掛かってくる声がポジティブなものであると気がついた。

た。

（嫌われてたはずだけど……）

おそらく、リフ達《たち》が俺を宣伝してくれていたのだろう。スフィもそんなことを言っていた。

串肉屋に通りかかり、久しぶりにおっちゃんと顔を会わせる。

「よ、久しぶりじゃねーか。死んだかと思ったぜ」

「ピンピンしてるよ。串肉五本くれ」

「おう。ちと待ってくれや」

どうやら繁盛していたようで追加の肉がまだ焼けていないようだった。

「そういえばおっちゃんの息子と会ったよ」

「おお、あいつな。家にも顔を出さねー親不孝者だぜ。元気してたか？」

「元気だったよ。しかし、すごいな。賢者とかさ」

「その代わりに勉強代でほとんどうちの金が消えてったよ。外国に留学させるのにいくら金がかかったか……」

愚痴っているが、どこか誇らしげだ。

いい親をしてるんだな。

そうやって会話をしている間にも声を掛けられている。

どうやら俺は英雄扱いのようだ。

「しかし、おまえの人気も戻ったな。いや、前以上か？」

「手のひら返しってやつだな」

「まぁ、あんまり恨まないでやってくれや。おまえのことを知る機会なんてそうそうないんだからさ」

出来上がった串肉を渡される。

相変わらずいい匂いのするタレを使ってやがるぜ……

代金を渡して串肉を頬張る。

「恨んでなんかないよ。それだけの期待をそもそもしてない」

「ドライだな」

「他人との距離感がわからないだけだよ」

それが正直な気持ちだった。

冷たい目を向けられれば辛《つら》いが、温かい目を向けられれば嬉しい。

そんな素直な思いしかない。

きっと俺はバカなのだろう。

「わからねえやつだ。優しいように見えて怖いところもあるな」

おっちゃんが俺を穿《うが》つような目で見る。

怖い、か。

あるいは俺は人に無関心すぎるのかもしれない。

ロイターやアステア曰《いわ》く、俺は無償で人を助けられる人間らしいのにな。

不思議なものだ。

モグモグと食べながら店から離れる。

おっちゃんが手を振る。

「また来いよ」

「また来るよ」

そんな挨拶を交わしてクエナの家に向かう。

◇

人通りが少なくなる。

一等地に入ったのだとわかる。

ここまで来ると買い食いをしているのが恥ずかしくなるのは、街の高級な雰囲気にあてられているからなのだろう。

(もう夜か)

星空がキレイだ。

自然の中よりは少ないが、それでも輝いている点がいくつもある。
串肉を持っていない方の手が空に伸びる。
(届かないとわかっていても……諦めきれない)
それは星に語ったのだろうか。
いいや、違う。
俺は今後を想像して、覚悟を決めようとしたんだ。
——女神アステアと戦う覚悟を。

◇

クエナの家。いつ見ても大きい屋敷だ。
元は貴族の家だというだけある。
中から光が漏れていて、人が生活していることがわかる。
ドアベルを鳴らす。
中から声が返ってきて、扉が開く。
青い髪の少女が出迎えてくれた。
さきほどギルドで会ったネリムだった。

「ただいま」

「おかえり……って、なんかこのやりとり嫌だわ」

ネリムが顔を歪《ゆが》める。

心の底から拒否しているのだと表情から伝わってきた。

「なんでだよ。別に変なこと言ってないだろ」

「あなたと仲良しだと思われたくない」

「ひどいこと言ってるって自覚あるか？」

ネリムに通されて家の中に入る。

調度品などもあるが、比較的に質素で実用的な趣がある。

『ちょっと、やっぱり私はやめたいんだけど！』

『せっかく用意したんだからいいじゃないの〜！』

『ソ、ソリア様、私もあまりこういうのは……』

『こういうの初めてですけど、楽しいですね』

『うぐ……！　その恰好《かっこう》で言われると胸が締め付けられます……！』

賑《にぎ》やかな声がする。

クエナやシーラは当たり前だが、どうやらソリアとフィルまでいるようだ。

「何かやってるのか？」

「……付き合わされた私の身にもなってよね」

ネリムが要領を得ない答えで返してきた。かなり恨めしそうな目で俺を見ている。

リビングにまで着く。

……え？

「きゃぁぁぁぁ！　こっち見ないで、ジード！」

「ジード！　おかえりー！」

全員が露出度の高い獣のコスプレをしていた。

クエナは猫の格好をしていて、スレンダーなくびれが魅力的に映る。

シーラは牛だ。巨乳がより強調されていて理性が飛びそうになる。

な、なんだこれ……！

「ジードさん、こんばんわん！　です！」

「……くそぅ……どうして私がこんな……」

犬に扮《ふん》したソリアが両の手首を曲げてポーズを決めており、その均整の取れた身体《からだ》はバランスが神がかっている。

フィルは女豹《めひょう》の格好をしているが恥ずかしそうにうずくまっていた。横乳が見えるのだが……意外とデカい……

「た、ただいま……あの……これは……？」

「ネリムに選んでもらったの！　どう、似合ってる？」

楽しそうに飛び跳ねながら俺のほうに来るシーラ。

凶悪なおっぱいも身体の動きに合わせて上下している。

これヤバイ……！

「に、にに、似合ってる……！」

そう言いながらも慌てて視線を逸《そ》らす。

人生で一番ダメージをもらったかもしれない。

これ以上のものを視界に入れたら俺は間違いなく……死ぬ。

しかし、視線を逸らした先にも影があった。

「あの──……私の着替え……ありがたいんですけど流石《さすが》に大きい気がして……」

「おふぁっ!?」

スフィだ。

お風呂に入ってきたばかりなのだろう。

濡《ぬ》れた髪と、ぶかぶかなTシャツ。身体に比べて大きすぎる。見えちゃいけないところまで見えそうだ。

「ジ、ジードさん!?　か、帰っていたんですね!?」

スフィが慌てるようにして襟ぐりを摘んで身体を隠す。

だ、だめだ……

俺は今日ここで死ぬんだ……

ぴとり

背後に柔らかい感触が伝わる。

大きな双丘だ。

これはシーラとも遜色のない大きさだが……

「ジード」

その声はシーラとは違う、やや静かなものだ。

「おまえもいたのか……ユイ」

「ん、今きた」

視線を合わせると、ユイが何やら箱を持っていた。

「これはなんだ……？」

「ルイナ様からプレゼント」

忙しいからユイが渡しに来たのだろう。

拳程度の大きさしかない。

視界の端に映るクエナが鬼面のごとくなっているように見えた。

恐る恐る箱を開ける。

中には指輪があった。

「……これは？」

「結婚指輪」

ユイが淡々と言う。

それってかなり大事なものなんじゃないだろうか……？

クエナがずんずんと近づいてくる。

「ジード、そんなもの受け取っちゃダメ！　返してきなさい！」

とんでもなく怒り心頭の様子だが、

「お、おい……色々と見えて……！」

「……っ！」

クエナが胸元を隠す。

それから、まあ色々とあって、どこか懐かしく騒がしい一日が過ぎていくのだった。

特別章

クエナの回顧

The Slave of the "Black Knights" is Recruited by the "White Adventurer's Guild" as a S Rank Adventurer

7

私の家は裕福だ。

いいや、裕福どころではない。

いくつもの国家を統べる、帝国の長の一族に生まれた。

でも、私は恵まれていたわけではない。

むしろ、普通の家庭に生まれた方が幸せだっただろう。

父は高位も高位の身分だったが、だからこそつまみ食いしてみたくなったのだと予想できる。

娼婦《しょうふ》の子供。

それが私へのレッテルだった。

味方がいれば多少はマシだったのかもしれない。

けど、そうなってくれるはずの母は私を置いて消えた。

いつだったか、死んだという話を聞いた。私は母と会った記憶もないので、大した実感は湧かなかった。

そんなわけで、私は生まれてから一人だった。

仲の良いメイドも執事もいない。

イジメをするような兄妹はいなかったけど、言動から同情や蔑視されていたのは、幼いからこそよく伝わった。

ある日、兄妹が次々に死んでいった。

別に突然の話ではない。

少し前から父が衰弱しており、つい先日、死亡したのだ。

父とは、もちろん帝王のことだ。

つまり、このウェイラ帝国という強大な国家の一番偉い人が死んだことになる。

死因は自然死らしい。

私なんかは子供だが、一番上の兄は中年で、私と同じくらいの歳《とし》の子供を持っている。

自然死でもなんら不思議なことではない。

まぁ、その一番上の兄が家族揃《そろ》って死んだのも不思議ではない。

これも世の常というやつだろう。

私なんかは継承権（笑）みたいなもので、狙われる心配は限りなく薄い……はずだった。

私よりも下位の継承権を持つ幼児が死んだ。

あまり実感の湧かなかった「死」という感覚が身近に迫っているように感じた。

帝王なんて興味ないし、勝てない戦いを挑みたくもない。
愚かな継承権争いに巻き込まれて死ぬわけにはいかない。
唯一、私が兄弟姉妹のなかで頭角を現していたルイナに勝てるところがある。
それは武術の才能だった。
きっと皇室を抜け出しても私ならば生きていけるだろう。

実は継承権の放棄については随分前から計画していた。
そもそも私が皇室に残っていても、他国の王族や有力貴族の愛妾《あいしょう》になるのが関の山だ。
そんなやつらに蔑まれて生きるのは耐えられない。
ただただ腹が立つ。
何より、自分で切り開いた運命ならば、死んでも清々《すがすが》しいだろう。
……なんて思っていた時期もあった。

私は冒険者になった。
そう、継承権の放棄に成功して脱出できたのだ。

誰にも文句を言われることがなかったのは私が期待されていなかったからだろうか。

とにかく、私は抜け出せたのだ。

ギルドでは実戦や筆記などの試験を受けたが、いきなりCランクになった。

私の歳でいきなりCランクになるような人は珍しいのだという。

すこし誇らしかった。

今まで無価値だと言われ続けて、ここでならば実力を発揮できると胸を張れた。

なんて、調子に乗るのは止《や》めておいた方が良かった……。


蜘蛛《くも》。

それを想像する時、魔物と戦った経験のない者はやわらかな糸の巣を張る小さい生き物というイメージを抱くだろう。

しかし、私が相対しているのは二メートルを超える化け物だ。

片手を強靱《きょうじん》な粘着性の糸によって封じ込められていた。

正直に言う。死ぬかと思った。

突然現れた黒い影。

後々になって、その人はユイという名前だと知った。

蜘蛛はユイの一撃によって倒された。

命の恩人だった。

同じくらいの歳なのに私よりも強かった。

助けてもらって、ありがたさよりも悔しさの方が勝った。

後々になって知ることになる。

ユイという子は最年少でSランクになったそうだ。

悔しさのあまり不機嫌に過ごしていたらギルドマスターのリフに茶化された。

私よりも遥《はる》かに小さい姿の子に言われているから腹が立ってしょうがない。

でも、ちょくちょく私に期待をしてくれていると話すので、嫌いにはなれなかった。


パーティーの勧誘をもらった。

色々なパーティーから声をかけてもらっていたけど、今回はAランクのパーティーからだった。

そのパーティーのメンバーは確かに強い。

けど、少しだけ話をしてみた。

彼らの最終目標はウェイラ帝国に雇われることだという。

冒険者ギルドは踏み台に過ぎないと言っていた。

確かに給金や立場を考えると帝国軍人の方が遥かに良いだろう。名声だって間違いなく与えられるし、英雄と呼ばれる方が良いに決まっている。

だけど、私は断った。

あの国に戻る？

考えられなかった。

何より、私が私の価値を見出《みいだ》したギルドをバカにしたやつらが許せなかった。

結局彼らがギルドに残ったのか、去ったのか、それは知らない。それ以降、彼らの話を聞くことはなかった。

というか勧誘をもらった時以外では名前も聞いていなかった。


順調に昇格した。

Bランク。

中堅クラスの魔物の群れを討伐できるほどの実力だという。

しかも、ソロでBランクに上がれる人は一握りだそうだ。

依頼金も私ひとりに入るので、かなり貯《た》まってきた。

もう冒険者をやめて多少贅沢《ぜいたく》しながら暮らしても一生分ある。
もちろん、やめるつもりなんて毛頭ないけど。
ただ、買う予定のものはあった。

その家は没落した貴族のものだったらしい。
あまり縁起は良くないかもしれない。
けれど、私とはどこか通じるものを感じ取った。
私も見方によっては没落した貴族……いや、王族か。
でも、私もこれで一国一城の主《あるじ》だ。
なんて、言いすぎだろうか。
それでも貴族の家だっただけあって随分と広い。
私一人で使うにはあまりにも大きすぎるくらいだ。
そう、私は一人だ。
そろそろ帝位の奪い合いは終わっただろうか。
ルイナは相変わらず色々な人に囲まれているだろうか。
無駄に家具だけ揃った家で、なんだか虚《むな》しい気持ちを覚えた。

Aランクには、拍子抜けするくらい簡単に上がれた。

特別に一人で複数の依頼をまとめて受ける許可を貰《もら》ってからは、お金やランクの昇格に必要なポイントも貯まった。

ああ、このままSランクになる。

これでようやくルイナを見返すことができる。

そんな気持ちが自然と生まれていた。

そんな未来を疑わなかったのは、やっぱり調子に乗っていたからだったと思う。


Sランクの昇格試験を受けるだけのポイントが貯まった。

あとは受かるだけ。

私はAランク筆頭と言われるくらいの実力だった。

もう本当に受かるだけだった。

なのに……

私がギルドで依頼を受けに行くと、その話題で持ち切りだった。

今年のSランク試験は中止された、と。

クゼーラ騎士団から無名の団員をSランク待遇で引き抜いた、と。

いいや、知る人ぞ知る猛者なんだ、あのソリア様が推薦したんだ、と。

怒りで我を忘れそうになった。

だから気を落ち着かせるために依頼の掲示板を見た。

私がランク昇格するために行ってきた日課だったから、それしかやることが思いつかなかったのだと思う。

でも、周囲のざわめきで気が付いた。

嬉《うれ》しそうなリフが歩いていた。

連れていたのは件《くだん》のSランクになる男——ジードだった。

私は気が付けば勝負を吹っかけていた。


大敗だった。

一日も寝ずにクゼーラ王国中の依頼を全て終わらせてきた。

ありえない。

だって、いや……物理的に可能なの？

結局、この件があってからクゼーラ王国から冒険者が三百名ほど大移動した。

依頼がなければ食い扶持《くぶち》がないから、当たり前だ。

私は貯蓄があるし、何よりクゼーラを拠点としているために持ち家がある。外には行きづらい。

それに罪悪感もある。

依頼を消化したのはジードだけど、けしかけたのは私なのだから。

でも、一番あるのは悔しいって気持ちだ。

ユイの時と同じ。

いや、あの時とは比べものにならない。

だってそうだろう。

Sランクまであとちょっとだったのだ。

すこし手を伸ばした先にあった。

ひとりぼっちの家でひっそりと涙を流したことを、誰かに知られる心配はない。

次の日、私はジードに街を案内してやった。

あまり物を知らないみたいだ。

クゼーラの騎士団は劣悪だと聞いていたけど、ここまで何も知らないなんてことがあるのだろうか？
強さに似つかわしくなくて、どこか可愛《かわい》さを覚えた。

えーと……
何から言えばいいのだろう。
端的に。
ジードがクゼーラ騎士団を倒した。
でも、理由は私的なものではなかった。
シーラという少女を助けたのだ。
助けるために一国の騎士団を倒せるものだろうか？
こいつはやっぱりおかしい……

家にシーラが来た。
なんでも家がなくなったので泊めて欲しいそうだ。

家族も親類も頼れる人がいなくて苦労しているそうだけど、なにか違和感を覚えた。

「宿に泊まればいいでしょ」

私がそう断るとシーラが首を左右に振った。

「実はジードの宿に行って隣の部屋にしようと思ったの。でも、宿のおばさんに『あんたはダメ』って断られたの」

「なにをしたのよ？」

「なにもしてないもん！」

「犯人はそう言うわ。ありのまま宿の女将《おかみ》さんに断られた過程を教えなさい」

「えーと。まずはジードの部屋の下見をして……」

「その時点でアウトでしょ!?」

「だ、だって隣の部屋に泊まりたかったんだもん！」

「なるほど、そこで違和感を覚えないといけなかったわけね……」

壁に穴とか開けそうな子だ。

断った判断は正しい。

結局、シーラは私の家に泊まることになった。

貴族の横の繫《つな》がりはすごい。

だが、没落したら周囲は一気に消えていく。

クゼーラは大変な時期だ。

騎士団や文官、貴族から王族にいたるまで処罰を受けた。

きっとシーラが頼れる人がいないというのも嘘《うそ》ではないのだろう。

なんだか同情できるものがあった。

あるいは共感だろうか。

理由はわかっている。

私と似ている部分があるからだ。

私にも頼れる人がいなかった。


ある日、シーラが邪剣を手に入れた。

家に持って帰ってきて欲しくなかったけど、手入れとかは自分でするそうなので了承した。

禍々《まがまが》しすぎでしょ。

最近、妙にジードを意識するようになった。
きっと勝ちたいのだと思う。

ウェイラ帝国と一戦交えた。
正確にはほとんどジードが、だけど。
ギルドから引き抜かれたユイとも会った。
やっぱり強かった。
……それから、ルイナ。
認められた。
私が強くなったと言った。
当たり前だ。
私はそれを言わせるために努力してきたんだ。
報われた気がした。
でも満たされない。
その正体はきっとジードなのだと思う。

あいつは不思議だ。
底の見えない強さなのに、いつか勝ってみせると思わせてくれる。
きっと親しみやすいからなのだろう。
でも……

ギルドでとあるパーティーが発足した。
カリスマパーティーなんてコテコテの仮称だけど、メンツはとんでもない。
聖女ソリアに剣聖フィル、最年少記録保持者のユイに麒麟児《きりんじ》のジードだ。
全員がSランクやSランククラスの怪物ばかり。
Sの上のランクを作れという話まで持ち上がっているほどに騒がれている。
いつか、私もそこに入りたい。
でも、フィル一人にシーラと二人がかりで負けた。
まだあいつの隣には程遠い。

Sランク試験。

魔族の領地で行われた。

何やらジードまでいて活躍してたけど……こいつ、なんで騒動があるたびに巻き込まれているのだろう。

結局、試験はフィルに負けた。

やっぱり強い。

ジードまでの壁はいくつもあって、大きい。


長い月日が流れた。

ジードが【勇者】に選ばれた。

シーラはとても嬉しそうだったけど、私にはモヤモヤがあった。

遠い場所に置いて行かれたような気がした。いや、元から遠い場所にいて、それが可視化されたようなものだろうか。

でも、まあ祝福しよう。

あいつはすごい。それに嬉しいって気持ちは私にもある。

……あれ？　薄々勘づいてはいたけど……私、シーラと同じ感情になってない？

ジードが【勇者】を断った。

とんでもないくらい批判されている。

色々言われて傷ついているようだけど、なんだかんだピンピンしてるあたりメンタルが強いんだと思う。

私だったら塞ぎ込んでいるだろう。

いや、そもそも私だったら勇者を断るわけないか。


なんだかシーラの様子がおかしい。

話を聞いてみると邪剣が元気ないだとか、逆に騒がしくなってきたとか言っている。本当に不穏だから捨てて欲しいが断られた。

結構仲良くなっているそうだ。

いや、邪剣なんかと仲良くなっちゃダメでしょ。

ジードはスフィから聖剣を預かっていた。

まぁ、錆《さ》びついたオンボロだったから、本当に聖剣だったかは疑念も多少は残っているけど。

とにかく、その聖剣がなくなったとシーラが騒いでいる。

なぜシーラが騒いでいるのかというと、彼女がジードから預かっていたのだ。

ジードは剣を使えないし、宿には置けないというからだ。

で、発端を探ると……

何やら邪剣が悪さをしていたようだ。

ロクなもんじゃないんだから最初から拾ってこない方が良かったと思った。

結局、シーラはリフに連れて行かれた。

邪剣まわりの取り調べだ。

私とジードは二人で聖剣を捜すことになった。

あれ、そういえばジードと長旅って初めてじゃないだろうか？

……意識するんじゃない。

聖剣は獣人族領にあった。

また変な騒動に巻き込まれた。

ジードはきっと変な星の下に生まれてしまったのだろう。
なんとか取り返せたけど面倒極まりなかった。
……帰ったらもっと面倒なことがあったけど。

シーラが行方不明になった。
どうやら邪剣の正体はネリムだったようだ。
あのネリムだ。
史上最強の【剣聖】を聞かれたら必ず名前の挙がる化け物。
でも、そのネリムもジードに見つかったら降参していた。
長い間シーラに憑《つ》いていたからジードの力をわかっているのだろう。
……史上最強の剣聖に戦いすら挑ませないってどんな存在よ。

ウェイラ帝国で騒動が起こった。
ルイナが逃げてきた。
敵の本命は『アステアの徒』というらしい。

ルイナを手伝うのは癪《しゃく》に障るけど、ジードの手助けになるなら協力したい。
ただ相手が巨大すぎる。
話には聞いていたけど、ギルドやウェイラ帝国の戦力を合算しても数倍はある。
しかもこちらが攻める側だ。
通常、攻める側と守る側ならば守る側が有利になる。
勝てっこない。そんな意見が味方の側からも聞こえてきていた。
最後の手段として、ジードと一緒に遠くに逃げるのもアリかもしれない。

……勝ってしまった。
何倍も戦力差があったのに勝ってしまった。
夢じゃないのだろう。
でも様々な変化が訪れた。
もっとも大陸を驚愕《きょうがく》させたのは、神都の消失だろう。
ロイターとジードが戦ったという話はソリア達《たち》がしていた。
逆にいえば、それ以上の情報はまったく入ってこなかった。
住人達は……

これが戦争なのだと思わされた。


戦争の勝利は世界に大きな影響をもたらした。

ルイナの神格化。

そして、ジードの英雄視。

まぁ、あれだけの大差を覆して勝ったのだから当然なのだろう。

けど、ルイナが神になったとしても私は劣等感を覚えることはないだろう。

だって、私はルイナと対等なのだから。


戦争が終わって一週間が経《た》った。

ジードがどこにもいない。

目撃情報もない。

さすがに心配になる。

シーラは勝ちを確信していて堂々としたものだけど、さすがに捜索した方が良いのではないだろうか。

でも、神都には近づけない。
踏み入ろうと思っても足が一歩も進まない。
覚悟とか、そういう次元ではない。
もしも神都があった領域に踏み込んだら最後のような気がした。
実際に調査団すら立ち入るのを拒否したそうだ。
強行して向かったが百メートルもいかないうちに全員が意識を失ったという。
たどり着くには時間がかかるだろう。

シーラがジードを迎えるための用意をしようと提案してきた。
そんな中でソリア達も来ていた。
ジードを心配して、多忙な時間を縫ってきたのだという。
災難だったわね、なんて思う。
シーラがコスプレ衣装をいくつも用意してきた。
ソリアやフィルに着せることに成功した。
私も……つらい。
ただ、ネリムには返り討ちに遭っていた。

かなりレベルアップしているけど、さすがに歴代最強の剣聖に挑むには早すぎたのだろう。

ジードが見つかるのがいつになるのかわからないけど、次は絶対に着ないと心に決めた。

私もネリムのように返り討ちにしよう。

こんな恥ずかしい格好をジードに見られるくらいなら死んだ方がマシだ。

ジードは本当にどうしたのだろう。

神都が消えてなくなってしまうという異様な状況。

私には何があったのか想像もつかない。

でも、もしそれが戦いの結末だとしてもジードが負けたとは微塵《みじん》も思っていない。

帰ってきたらきっと彼を、いつもと変わらない私で迎えてあげよう。

あとがき

どうも、寺王です。

おかげさまで、こうしてあとがきで皆様の前に現れるのは7回目になりました。お手に取っていただきありがとうございます。

担当編集様、いよいよ〆切ぶっちの常習犯になりました。すみません……いつもお付き合いいただきありがとうございます……！

そして由夜先生、今回も素晴らしいイラストをありがとうございます！

また、関係各所の皆様もありがとうございます！

さて最近、昔の作品を見返すことにハマっています。

私が小学生や中学生時代の作品を見ると、やっぱり流石《さすが》に面白すぎる。

あまり時間を忘れてはいけない立場になっていますが、うーん。睡眠不足になりかけています。

時には作業の傍らに昔のアニメを見て、ついついそっちに意識が行っちゃったり……

創作物っていうのは魔性の魅力がありますね。

あとは古今東西の古典も教養として見ることはあったのですが、歳《とし》を重ねて改めて見ると趣《おもむき》が半端ないですね。

なんて昔の話ばかりしてますが、結局のところ最近の作品を見る方が多いですね。

作品を見終わった後に「続き来ないかなー」よく思うのですが、最近のものだとこれから続編が制作される希望が全然ありますからね（笑）

そんな感じで今回のあとがきを終えるとします。

それではまた……！

次巻予告
「女神アステアは実在する」
「どうするかは、
お主が決めるのじゃ」
「二重人格の怪物」
「俺は覚悟を
決めようとしたんだ」
物語はいよいよ佳境へ――
オーバーラップ文庫
ブラックな騎士団の奴隷がホワイトな冒険者ギルドに引き抜かれてSランクになりました
The Slave of the "Black Knights" is Recruited by the "White Adventurer's Guild" as a S Rank Adventurer
8
2022年冬発売予定!

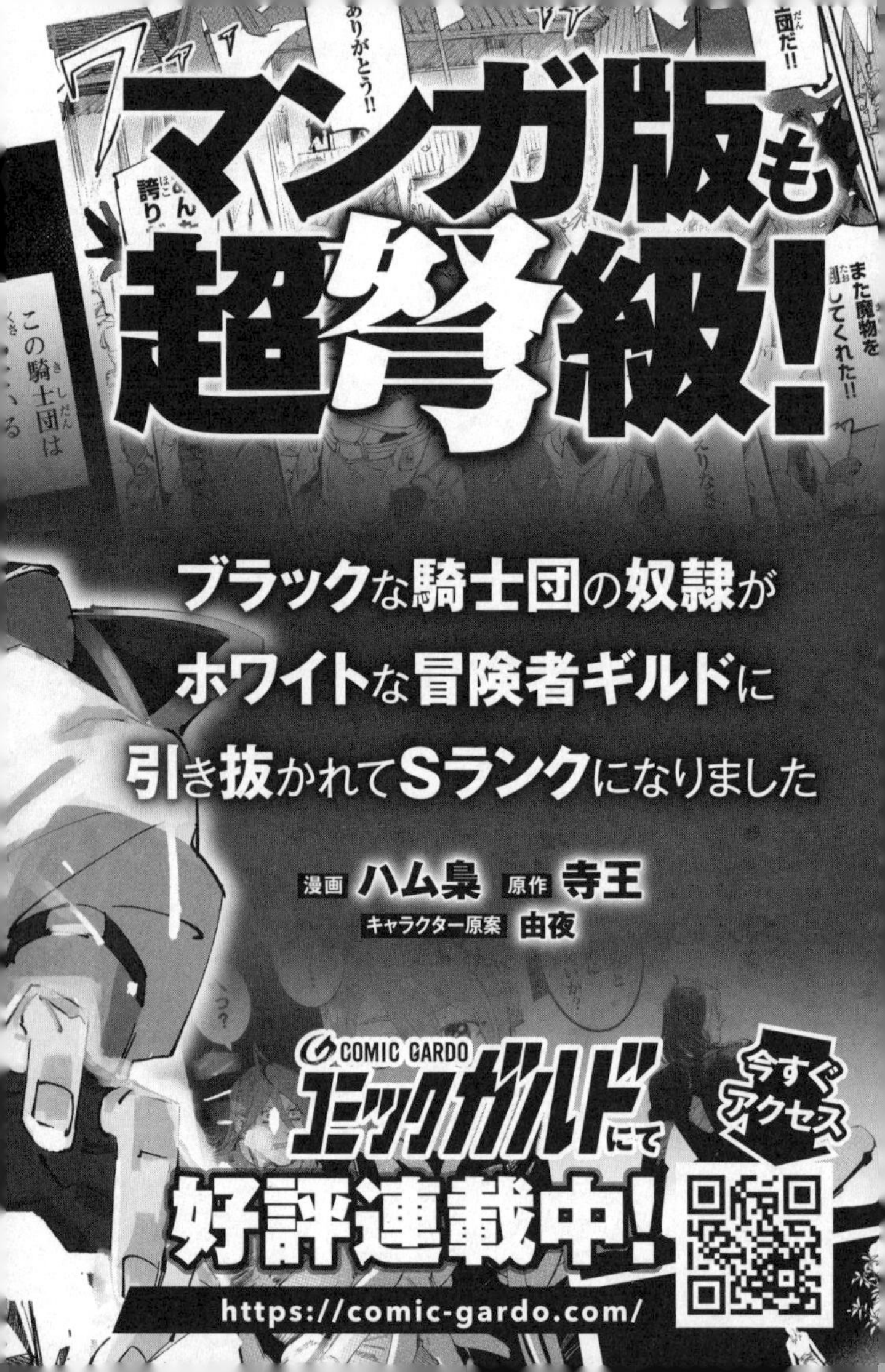

マンガ版も
超弩級！
ブラックな騎士団の奴隷が
ホワイトな冒険者ギルドに
引き抜かれてSランクになりました
漫画 ハム梟 原作 寺王
キャラクター原案 由夜
COMIC GARDO
コミックガルドにて
今すぐアクセス
好評連載中！
https://comic-gardo.com/
ありがとう!!
また魔物を倒《たお》してくれた!!
この騎士団《きしだん》は

COMIC GARDO
ビギィイイイ
オォォ…。
壱式《いちしき》――
ジ…ジード…

作品のご感想、
ファンレターをお待ちしています

あて先

〒141-0031
東京都品川区西五反田 8-1-5 五反田光和ビル4階
オーバーラップ文庫編集部
「寺王」先生係／「由夜」先生係

OVERLAP

ブラックな騎士団の奴隷がホワイトな冒険者ギルドに引き抜かれてSランクになりました 7

発　行　2022年6月25日　初版第一刷発行

著　者　寺王
発行者　永田勝治
発行所　株式会社オーバーラップ
〒141-0031　東京都品川区西五反田 8-1-5
校正・DTP　株式会社鷗来堂
印刷・製本　大日本印刷株式会社

Printed in Japan ISBN 978-4-8240-0210-5 C0193

オーバーラップ文庫
創成魔法の再現者

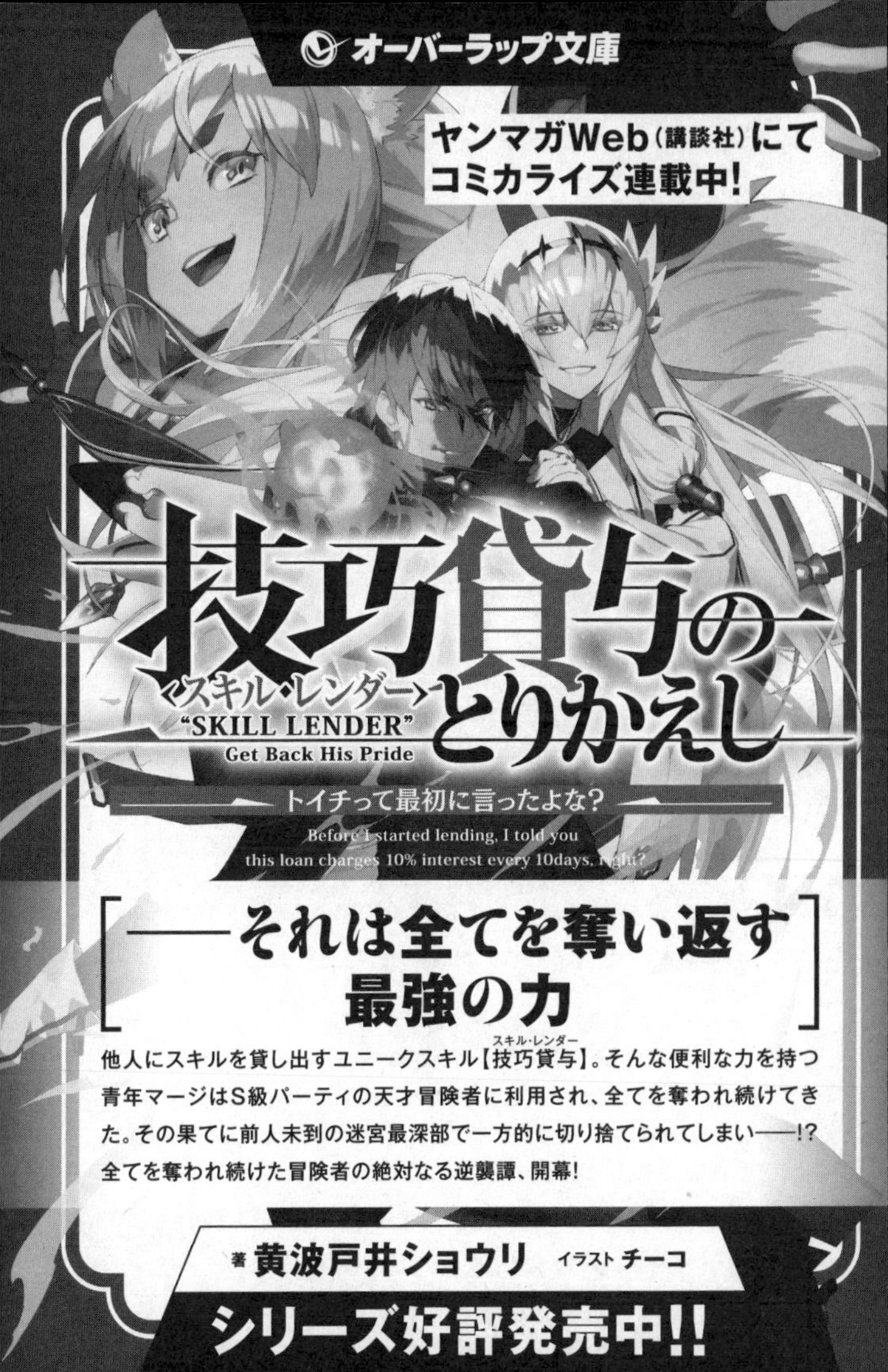
オーバーラップ文庫
ヤンマガWeb（講談社）にて
コミカライズ連載中!
技巧貸与のとりかえし
〈スキル・レンダー〉
"SKILL LENDER"
Get Back His Pride
トイチって最初に言ったよな?
Before I started lending, I told you
this loan charges 10% interest every 10days, right?
「――それは全てを奪い返す
最強の力」
他人にスキルを貸し出すユニークスキル【技巧貸与《スキル・レンダー》】。そんな便利な力を持つ青年マージはS級パーティの天才冒険者に利用され、全てを奪われ続けてきた。その果てに前人未到の迷宮最深部で一方的に切り捨てられてしまい――!?
全てを奪われ続けた冒険者の絶対なる逆襲譚、開幕!
著 黄波戸井ショウリ　イラスト チーコ
シリーズ好評発売中!!